Karl Olsberg

Das Dorf

Band 1: Der Fremde

Published by briends GmbH, Bahngärten 7,
22041 Hamburg, Germany
www.karlolsberg.de

Gewidmet René Goscinny

Minecraft Seed für Das Dorf: 100200300400500

Erkunde selbst das kleine Dorf am Rand der Schlucht und die Welt darum herum! Das ist ganz einfach (Anleitung für die PC-Version):

1. Starte Minecraft
2. Wähle „Einzelspieler"
3. Klicke auf „Neue Welt erstellen"
4. Wähle einen Namen für deine Welt, z.B. „Das Dorf"
5. Klicke auf „Weitere Weltoptionen ..."
6. Gib in das Fenster „Startwert für den Weltgenerator" den folgenden Wert ein: 100200300400500
7. Klicke auf „Neue Welt erstellen".

Du spawnst am Hang eines Bergs. Steige hinab in die Ebene zu deinen Füßen und wende dich nach links, dann kommst du bald in ein Dorf, das an einer Schlucht liegt. Dies ist das Dorf, in dem die vorliegende Geschichte spielt. Natürlich verhalten sich die Dorfbewohner im Spiel nicht so wie in meiner Geschichte, aber die Welt, die ich beschreibe, ist die, durch die du wanderst. Viel Spaß beim Entdecken!

Hinweis: Als ich diese Geschichte schrieb, war die aktuelle Minecraft-Version 1.8.1. Es ist möglich, dass in späteren Minecraft-Versionen der Seed 100200300400500 eine andere Welt generiert als die beschriebene. In diesem Fall musst du eine frühere Version installieren, wenn du die Welt des Dorfs erkunden willst.

1. Primo

Rechteckige Wolken ziehen träge über den Himmel, dessen Azurblau sich im Wasser spiegelt. Der Fluss windet sich scheinbar ziellos durch die Ebene, die von Bergen und Wäldern gesäumt ist. An einer Stelle bildet er einen weiten Bogen und formt so eine Halbinsel, auf der sich ein Dutzend Gebäude und einige Getreidefelder um eine kleine Kirche gruppieren.

Die Schrecken der Nacht wurden von der Morgensonne vertrieben, und das Dorf liegt nun friedlich da in ihren wärmenden Strahlen. Die ersten Bewohner haben sich bereits aus den Häusern getraut und mit der Tagesarbeit begonnen. Während sich die Bauern um ihre Felder kümmern und ihre Frauen aus dem geernteten Getreide Brot backen, heizt Porgo, der Schmied, seinen Ofen an. Magolus, der Priester, bereitet seine Predigt vor, während Nimrod, der Bibliothekar, in dem heillosen Durcheinander seiner Regale ein Buch sucht, um das Magolus ihn gebeten hatte. So hat jeder im Dorf seine Aufgabe, und niemand würde daran zweifeln, dass alles seine Richtigkeit hat und seinen geregelten Gang gehen sollte wie jeden Tag.

Niemand außer Primo. Er ist der Sohn des Schmieds, und der Tag, an dem er sich für eine Lebensaufgabe entscheiden muss und damit vom Jugendlichen zum Mann wird, ist nicht mehr fern. Doch keiner der Berufe, die zur Auswahl stehen, reizt ihn.

„Und wenn du Fischer wirst?“, fragt sein bester Freund Kolle, während sie am Rand der Schlucht entlangspazieren, die westlich des Dorfes liegt.

„Das ist doch langweilig!“, mault Primo. „Den ganzen Tag bloß dastehen und darauf warten, dass ein Fisch anbeißt!“

„Na gut, dann werde eben Schäfer."

„Noch langweiliger. Schafe laufen immer nur herum und blöken."

„Warum nicht Bauer? Da hast du dein eigenes Getreidefeld, kannst säen, ernten, Brot backen ..."

„Am langweiligsten! Die meiste Zeit steht man bloß rum und sieht dem Korn beim Wachsen zu!"

„Du kannst ja in der Zeit neue Felder anlegen."

„Und wozu? Es gibt doch schon mehr als genug Getreide, um Brot für alle im Dorf zu backen."

„Dann werde eben Schmied, so wie dein Vater."

„Aber das Dorf braucht keinen zweiten Schmied, und außerdem werde ich niemals so gut sein wie er."

„Woher willst du das wissen?"

„Ich bin einfach zu ungeschickt. Er hat versucht, mir beizubringen, wie man eine Schaufel macht. Aber das, was dabei rausgekommen ist, sah total merkwürdig aus: lang und spitz und zum Graben überhaupt nicht zu gebrauchen. Als ich es anfasste, hat es wehgetan! Ich hab wohl zu viel Eisen und zu wenig Holz genommen. Nein, zum Schmieden habe ich überhaupt kein Talent."

„Du machst dir nur unnötig das Leben schwer, Primo!"

„Und du? Hast du dich schon für einen Beruf entschieden?"

„Natürlich. Ich werde Bibliothekar wie mein Vater. Ich habe ihm schon geholfen, seine Regale in Ordnung zu bringen, als ich noch ein kleiner Junge war."

„Vielleicht ist das der Grund, warum er nie ein Buch findet."

„Was?"

„Ach, nichts." Primo lugt vorsichtig über den Rand der Schlucht. Ein leichter Schauer packt ihn. Doch es ist kein unangenehmes Gefühl, eher ein aufregendes Kribbeln im Bauch.

„Hast du dir mal überlegt, wie es wäre, dort herunterzuklettern?", fragt er.

„Spinnst du?", entgegnet Kolle erschrocken. „Da unten gibt es Nachtwandler! Und außerdem kommt man nie wieder raus, wenn man einmal in die Spalte gefallen ist.

Erinnerst du dich nicht mehr an den armen Kasmir? Als die Nachtwandler wieder mal das Dorf angegriffen haben, ist er in Panik aus dem Haus gerannt und in die Schlucht gestürzt. Man hat ihn nie wiedergesehen."

Wie um Kolles Worte zu bestätigen, dringt in diesem Moment ein dumpfes, langgezogenes Geräusch aus der Tiefe herauf: *Unnggh!*

„Hast du das gehört?", fragt Kolle erschrocken. „Lass uns lieber schnell ins Dorf zurückkehren!"

„Ach was, du Angsthase! Wenn niemand aus der Schlucht raus kann, dann auch nicht die Nachtwandler, oder?"

„Vielleicht doch, wer weiß! Sie erscheinen schließlich jede Nacht, ohne dass wir wissen, woher sie kommen. Wäre doch möglich, dass sie irgendwie aus der Schlucht klettern, sobald die Sonne untergegangen ist."

„Dann müsste man erst recht erforschen, was dort unten ist. Vielleicht könnte man so die Nachtwandlerplage ein für alle Mal beenden. Stell dir vor, wie es wäre, wenn die Monster nachts nicht mehr kämen!"

„Du träumst zu viel, Primo! Notch hat die

Nachtwandler gemacht, um diejenigen zu bestrafen, die sich nicht an seine Regeln halten. Das hat uns Magolus doch erklärt!“

„Bloß, weil Magolus es sagt, muss es noch lange nicht stimmen.“

„Aber Notch spricht jeden Tag zu ihm!“

„Das behauptet er jedenfalls. Ich habe Notch noch nie sprechen gehört. Du etwa?“

„Nein. Aber wir sind ja auch keine Priester.“

„Und du denkst, Notch spricht zu mir, wenn ich mich entscheide, Priester zu werden?“, fragt Primo.

„Na ja, wahrscheinlich. Aber das kannst du vergessen. Magolus wird niemals erlauben, dass du Priester wirst. Er hat dich ohnehin schon auf dem Kieker.“

„Ich weiß. Das wäre der einzige Beruf gewesen, der mich wirklich interessiert hätte.“

„Bloß, weil du rausfinden willst, ob du dann wirklich Notchs Stimme hören kannst?“

„Das wäre es doch wert, oder? Die Stimme des Schöpfers selbst zu hören ist bestimmt interessanter als Magolus‘ langweiligen Predigten zu lauschen.“

„Das habe ich gehört, Primo!“, erklingt eine schrille Stimme hinter ihnen.

Primo dreht sich um und sieht eine Frau in lilafarbenem Gewand auf sie zu eilen.

„Birta! Musst du mich so erschrecken? Deinetwegen wäre ich beinahe in die Schlucht gefallen!“

„Ihr wisst genau, dass ihr nicht so nah am Rand herumlaufen sollt. ‚Wer Notch herausfordert, den wird Notch bestrafen‘, heißt es in der Schrift!“

„Ja, ja. Steht in der Schrift nicht auch, dass man stets freundlich zu allen sein soll, Birta?“

„Jetzt werde bloß nicht noch frech! Habt ihr die Eier gesammelt, wie es euch der Priester aufgetragen hat?“

„Wir sind gerade dabei“, lügt Primo. „Wenn du uns nicht gestört hättest ...“

„Ach ja? Glaubt ihr etwa, die Eier kommen aus der Spalte heraufgeflogen? Die Hühner sind auf der Ebene nördlich des Dorfs, das weißt du ganz genau! Wenn ihr jetzt nicht augenblicklich sammeln geht, wird der heilige Kuchen nicht mehr rechtzeitig zum Gottesdienst fertig! Ich fürchte, ich werde Magolus sagen müssen, dass du wieder mal ungehorsam warst. Er wird dich bestrafen!"

„Alte Petze!"

„Dass du mich beleidigt hast, sage ich ihm auch!"

„Komm schon, Primo!", schaltet sich Kolle ein. „Mach es nicht noch schlimmer! Lass uns die blöden Eier sammeln gehen."

„Ja, schon gut."

Ein weiteres *Unngh* dringt wie zum Abschied aus dem Abgrund herauf.

Etwas später stehen Primo und Kolle zusammen mit den anderen Dorfbewohnern dicht gedrängt in der kleinen Kirche und lauschen den Worten des Priesters.

„Und so steht es geschrieben", verkündet Magolus mit monotoner Singsangstimme. „Wer die Gebote Notchs, unseres Herrn befolgt, wer täglich fromm seine Arbeit verrichtet, wer nachts im Haus bleibt und am Tage fleißig ist, der wird eingehen ins Paradies. Wer aber ungehorsam ist und die Worte der Schrift missachtet, der wird hinabgestoßen in den Nether! So lasst uns nun den Heiligen Kuchen teilen, als Symbol für die Einheit des Dorfs und die Güte des Schöpfers!"

Birta reicht den Kuchen herum. Jeder Dorfbewohner bekommt ein Stück. Doch als Primo danach greifen will, zieht die Gehilfin des Priesters den Kuchen weg.

„Du nicht! Nur, wer reinen Gewissens ist, darf vom Heiligen Kuchen essen!"

„Aber mein Gewissen ist völlig rein!", behauptet Primo. „Es ist praktisch noch unbenutzt!"

„Warte nur, bis dir Magolus nach dem Gottesdienst eine Lektion erteilt, du frecher Bengel!"

Endlich ist der Kuchen verteilt, und der Priester fährt mit seinem Sermon fort: „Wir danken dir, Notch, für diese Gabe!"

„Uns dankt er nicht, obwohl doch wir es waren, die die Eier gesammelt haben!", grummelt Primo.

„Sei gefälligst still, während der Herr Priester seine Predigt hält!", ermahnt ihn sein Vater.

„Und wir bitten dich, uns die Kraft zu geben, jenen zu verzeihen, die uns Unrecht antun und mit ihrem Gequatsche den Gottesdienst stören!“

Primos Vater erschrickt und senkt den Kopf, als sei er der Störer gewesen. Das ist Primo ziemlich unangenehm. Plötzlich kommen ihm Zweifel, ob er nicht doch etwas zu weit gegangen ist.

„Wir wollen nun das Wort Notchs hören, wie es geschrieben steht im Heiligen Buch!“, sagt Magolus und geht zu der großen Kiste neben dem Altar, in der das Buch aufbewahrt wird.

Als er den Deckel aufklappt, flattert ein Huhn daraus hervor. Aufgeregt gackernd hüpft es durch die Kirche. Einige Dorfbewohner stoßen erschrockene Rufe aus.

Auf diesen Moment hat Primo die ganze Zeit gewartet. Doch nun, wo er gekommen ist, wünscht er sich auf einmal ganz weit weg. Als er den Streich zusammen mit Kolle ausgeheckt hat, wollte er sich eigentlich nur an Birta rächen. Die Idee, ein Huhn in der Kiste zu verstecken, erschien ihm außerordentlich lustig. Doch jetzt lacht niemand.

„Wer war das?“, donnert Magolus' Stimme

durch die Kirche.

Einen Moment lang herrscht Stille.

Der Blick des Priesters fällt auf Primo. Zornesröte steigt ihm ins Gesicht.

„Ich war das!“, sagt Kolle.

Alle starren ihn an.

„Du, Kolle?“, fragt Magolus überrascht. „Ich muss sagen, dem Sohn des Bibliothekars hätte ich mehr Verstand zugetraut!“

Goack! macht das Huhn.

„Nun gut.“ Magolus seufzt. „Das Stören des Gottesdienstes ist eine schwere Sünde. Zur Strafe wirst du ab jetzt jeden Tag und jede Nacht hier in der Kirche verbringen und das Heilige Buch lesen, bis du es auswendig kannst.“

„Das ... das ganze Buch?“, stottert Kolle, der kreidebleich geworden ist. „Etwa alle zehn Seiten?“

Goack! macht das Huhn.

„Ja, das ganze Buch!“, donnert Magolus. „Wer Notch herausfordert, den wird Notch bestrafen! So steht es geschrieben.“

Goack! macht das Huhn.

„Und schafft mir endlich dieses dämliche Federvieh aus der Kirche!“

Primo schluckt. „Er war es nicht!“ Eigentlich wollte er das laut und deutlich sagen, aber was aus seinem Mund kommt, klingt eher wie das Gackern des vermaledeiten Huhns.

„Wie bitte?“

„Er war es nicht!“, wiederholt Primo. Diesmal hören es alle. „Ich war es. Ich habe das Huhn in der Kiste versteckt.“

„Du! Das hätte ich mir denken können! Also schön, dann werdet ihr eben beide so lange in der Kirche bleiben, bis jeder von euch das Heilige Buch auswendig kann!“

Goack! macht das Huhn.

„Aber ... aber Kolle ist doch unschuldig!“, protestiert Primo.

„Niemand ist unschuldig!“, behauptet Magolus. „Wir alle sind Sünder, und ihr beide ganz besonders! Die Meditation über dem Heiligen Buch wird euch den Unsinn aus euren Hohlköpfen vertreiben. Und jetzt lasst uns alle für die armen Seelen der beiden beten!“

Goack! macht das Huhn.

2. Der Fremde

„Also nochmal“, sagt Kolle. „Wie lautet das Erste Gebot?“

„Ich bin Notch, dein Herr“, erwidert Primo. „‚Du sollst außer mir keine anderen Programmierer anbeten.‘ Was ist das eigentlich?“

„Was ist was?“

„Ein Programmierer.“

„Ein anderes Wort für Gott.“

„Aber das klingt wie etwas, das man tut. So wie Fischer. Also, wenn ein Fischer fischt und Notch ein Programmierer ist, dann programmiert er vielleicht. Was das wohl bedeutet?“

„Das bedeutet wahrscheinlich einfach bloß ‚Gott sein'. Wenn du über jeden Satz im Heiligen Buch diskutierst, Primo, werden wir nie fertig! Also, das zweite Gebot?"

„‚Du sollst nicht behaupten, dass es Herobrine gibt.' Das verstehe ich noch weniger. Wer oder was ist Herobrine?"

„Primo! Bleib jetzt bitte bei der Sache! Wir sind erst auf Seite eins. Wenn das so weiter geht, müssen wir noch mindestens zwanzig Tage in dieser Kirche bleiben!"

„Ist ja schon gut. Aber fragst du dich denn nie, was das alles zu bedeuten hat?"

„Magolus hat es uns doch erklärt: Wir können es nicht verstehen, weil wir zu dumm sind."

„Manchmal glaube ich, Magolus will bloß, dass wir keine Fragen stellen. Weil er die Antwort selber nicht kennt."

Kolle seufzt. „Das dritte Gebot?"

„Du sollst zum Gottesdienst in die Kirche gehen. Das Vierte: Du sollst tun, was der Priester dir gebietet. Nummer fünf: Du sollst stets freundlich zu allen sein. Sechs: Du sollst nicht schlecht über andere reden. Sieben: Du sollst beim Handeln nicht betrügen. Acht: Du sollst nachts im Haus bleiben. Neun: Du sollst nicht graben in der Tiefe. Und zehn: Du sollst zufrieden sein mit dem, was du hast."

„Ich bin beeindruckt. Ich kann mir nicht mal die ersten drei merken. Ich wünschte, ich wäre so klug wie du, Primo."

„Unsinn. Auswendiglernen hat doch nichts mit Klugheit zu tun. Außerdem bist du wahrscheinlich klüger als ich. Jedenfalls bringst du uns nicht dauernd in Schwierigkeiten."

„Vielleicht sollten wir uns häufiger an Notchs Gebote halten. Dann würden wir bestimmt weniger Ärger mit Magolus bekommen."

„Ich bin mir nicht mal sicher, ob das überhaupt Notchs Gebote sind. Geh zum Gottesdienst. Tu, was der Priester sagt. Sei zufrieden mit dem, was du hast. Für mich klingt das eher so, als wenn Magolus sich diese Gebote ausgedacht hat!"

Kolle wird bleich. „So etwas darfst du nicht mal denken!"

„Siehst du, das ist genau das Problem: Wir dürfen nicht denken! Wenn Notch gewollt hat, dass wir das nicht tun, warum hat er uns dann einen Kopf gemacht?“

Gerade, als Kolle darauf antworten will, dringen von draußen aufgeregte Rufe herein: „Ein Fremder! Ein Fremder kommt!“

Die beiden stürzen zum Fenster. Bendo, der Bauer, rennt durch das Dorf. „Ein Fremder! Ein Fremder!“, brüllt er aus vollem Hals.

„Das müssen wir uns ansehen!“, sagt Primo und geht zur Tür.

„Auf keinen Fall!“, widerspricht Kolle. „Du weißt doch, dass wir die Kirche nicht verlassen dürfen! Wenn Birta oder Magolus uns erwischen, kommen wir hier nie wieder raus!“

„Aber ich hab noch nie einen Fremden gesehen!“

„Ich auch nicht. Aber trotzdem dürfen wir nicht raus. Denk dran, was du gerade gesagt hast: Ich bin klüger als du!“

„Ich habe ‚wahrscheinlich‘ gesagt!“, widerspricht Primo. Doch er weiß, dass Kolle recht hat: Das Risiko ist zu groß. Trotzdem hält er es vor Spannung kaum aus.

Als er noch klein war, hat ihm sein Vater Geschichten über Fremde erzählt. Viele

Dorfbewohner glauben, der verrückte Willert, der einsam in seiner Hütte im Wald lebt und nur selten ins Dorf kommt, habe früher einmal versucht, mit einem Fremden zu sprechen, und dabei den Verstand verloren. Doch seit Primo lebt, ist noch nie ein Fremder aufgetaucht. Warum muss das ausgerechnet jetzt passieren, wo sie hier in der Kirche eingesperrt sind? Verzweifelt sieht er sich um. Sein Blick fällt auf die Leiter im Kirchturm.

„Los, komm!“, ruft er.

„Aber wir dürfen nicht auf den Turm klettern!“, widerspricht Kolle.

„Wieso?“, fragt Primo. „Lautet etwa eines von Notchs Geboten: ‚Du sollst nicht auf den Kirchturm klettern‘?“

„Magolus hat gesagt, wir sollen hier bleiben und das Heilige Buch auswendig lernen!“

„Magolus hat gesagt, wir müssen in der Kirche bleiben. Er hat nicht gesagt, in welcher Etage. Jetzt komm schon, so eine Gelegenheit kommt nie wieder!“

Ehe Kolle protestieren kann, ist Primo schon auf der Leiter. Rasch klettert er auf den

Turm, die höchste Erhebung des Dorfs. Sein Freund folgt ihm atemlos.

Im Dorf herrscht helle Aufregung. Alle rennen durcheinander und rufen aufgeregt, so als ob am helllichten Tag ein Angriff der Nachtwandler stattfände. Doch von dem Fremden ist nichts zu sehen.

„Wo ist er denn?“, fragt Primo enttäuscht.

„Da! Ich glaub, ich seh ihn!“

Tatsächlich: Eine einsame Gestalt kommt von Osten her auf das Dorf zu. Sie glänzt hell im Sonnenlicht.

„Das ist ein Golem!“, behauptet Kolle.

„Quatsch!“, widerspricht Primo. „Golems sind viel größer.“

„Hast du etwa schon mal einen gesehen?“

„Genauso wenig wie du.“

„Woher willst du dann wissen, dass es kein Golem ist?“

„Aus den Geschichten. Es heißt schließlich ‚riesiger Golem‘, nicht ‚normalgroßer Golem‘, oder? Der da ist aber genauso groß wie wir.“

„Vielleicht ist es ein Babygolem. Jedenfalls ist er ganz aus Metall.“

„Blödsinn. Das ist eine Rüstung. So eine Art

Eisenrobe. Mein Vater hat mir davon erzählt."

„Eine Rüstung? Wozu soll die gut sein?"

„Weiß nicht. Sieht aber schick aus, findest du nicht? Ich glaube, ich werde doch Schmied. Dann kann ich mir auch so eine machen."

Kolle schüttelt den Kopf, sagt aber nichts. Gebannt beobachten sie, wie der Fremde das Dorf betritt, den Brunnenplatz überquert und die leere Straße entlang auf sie zukommt.

„Wo sind die denn auf einmal alle?", fragt Primo.

„Sie haben Angst!", sagt Kolle.

„Angst? Warum denn?"

„Weil er ein Fremder ist."

„Na und?"

„Sieh doch, er hat nicht mal eine Nase!"

„Na und?"

„Vielleicht ist er gefährlich!"

„Ach Quatsch! In den alten Geschichten sind die Fremden immer nett. Sie haben glitzernde Steine und kämpfen manchmal gegen die Nachtwandler."

„Aber vielleicht ist dieser hier nicht nett."

„Du bist ein Angsthase!"

„Bin ich nicht!"

In diesem Moment tritt Primos Vater Porgo aus der Schmiede.

Der Fremde geht auf ihn zu und macht ein seltsames Geräusch: *Hallo!*

„Was war das?", fragt Kolle.

„Keine Ahnung", erwidert Primo. „Vielleicht ist das so etwas wie Fremdensprache gewesen."

„Ich bin Porgo, der Schmied!", sagt Primos Vater. „Wollen wir tauschen?"

Der Fremde hat plötzlich etwas Grünes, Glitzerndes in der Hand und hält es Porgo hin. *Was kannst du mir dafür geben?*

„Was hat er gesagt?", fragt Primo.

„Woher soll ich das wissen?", entgegnet Kolle.

„Ich habe hier eine wunderschöne Schaufel!", sagt Porgo. „Frisch geschmiedet! Allerbeste Qualität!" Er hält dem Fremden das Gerät hin.

Eine Schaufel?, macht der Fremde. *Für einen Smaragd? Das soll wohl ein Scherz sein! Hast du eine Ahnung, wie schwierig es ist, die zu finden?*

„Ich glaube, er will die Schaufel nicht", stellt Primo fest.

„Hoff ... hoffentlich ist er jetzt nicht wütend!“, stammelt Kolle.

Doch der Fremde geht einfach weiter. Als Nächstes kommt Olum, der Fischer aus seinem Haus. Er hält drei Fische hoch, die er im Fluss gefangen hat. Doch der Fremde schüttelt nur den Kopf.

„Der ist aber dumm, dieser Fremde!“, meint Kolle. „Was will er denn mit dem Glitzerding? Damit kann man doch nichts anfangen! Fische, die kann man wenigstens essen! Oh, sieh mal, er geht in ... in die Bibliothek! Oh weh, wenn er meinem Vater etwas antut!“

„Beruhige dich, Kolle. Er ist nett, glaub mir.“

Kurz darauf kommt der Fremde wieder aus der Bibliothek.

„Meinst du, er hat meine Eltern umgebracht?“, fragt Kolle ängstlich.

„Blödsinn! Warum sollte er das tun?“

„Um die Bücher zu stehlen.“

„Quatsch! Wenn er ein Buch haben wollte, würde er deinem Vater dafür seinen Glitzerstein geben.“

„Was soll denn mein Vater mit einem Glitzerstein anfangen?“

„Na ja, er könnte ihn zum Beispiel Olum geben, und der gibt ihm dann drei Fische dafür.“

„Aber was soll dann Olum mit dem Stein?“

„Er tauscht ihn bei meinem Vater gegen eine Schaufel ein.“

„Zum Fischen braucht man doch keine Schaufel!“

„Eine Schaufel kann man immer gebrauchen. Außerdem war das nur ein Beispiel. Der Glitzerstein ist einfach nur ein Tauschobjekt. Er kann sich sozusagen in jedes andere Ding verwandeln, das man haben will. Besser kann ich es nicht ausdrücken.“

„Ich habe noch nie so einen Unsinn gehört!“

„Ich frage mich, woher er den Stein hat“, sagt Primo halb zu Kolle und halb zu sich selbst.

„Das werden wir wohl nie herausfinden“, stellt sein Freund fest.

„Vielleicht doch.“ Primo ist mit einem Satz bei der Leiter und klettert behände die Sprossen herunter.

„Was hast du vor?“, ruft Kolle, als ahne er

Unheil. „Warte, Primo!"

Doch Primo wartet nicht. Er öffnet die Kirchentür und lugt hinaus. Am Brunnen stehen mehrere Dorfbewohner und diskutieren aufgeregt. Birta und Magolus sind auch darunter. Sie gucken zum Glück nicht in seine Richtung. Rasch schlüpft er aus der Tür und schleicht auf der anderen Seite der Kirche entlang in Richtung der Schlucht.

„Bist du jetzt völlig verrückt geworden?", keucht Kolle hinter ihm. „Komm sofort zurück, ehe Magolus etwas merkt!"

„Ich denke ja nicht daran!", erwidert Primo. „Ich will wissen, was der Fremde macht!"

Ohne sich um seinen besorgten Freund zu kümmern, folgt er dem Fremden und beobachtet, wie dieser sich über den Rand der Schlucht beugt, hinab sieht, sich umblickt und schließlich das Dorf in Richtung des großen Waldes verlässt.

Primo stellt noch einmal sicher, dass niemand seine Flucht aus der Kirche bemerkt hat – niemand außer Kolle, der ununterbrochen auf ihn einredet und ihn zur Umkehr zu bewegen versucht. Die Ermahnungen seines

Freundes ignorierend folgt er dem Fremden hinab zum Flussufer und durch das Wasser.

Als er die Böschung auf der anderen Seite erklommen hat, sieht er den Fremden im Wald verschwinden. Primo zögert einen Moment, dann folgt er ihm, Kolles Flehen und Protesten zum Trotz.

3. Nachts im Wald

Schon nach kurzer Zeit hat Primo den Fremden in dem unübersichtlichen, hügeligen Gelände aus den Augen verloren.

„Was soll das?“, ruft Kolle, der keuchend hinter Primo herhastet. „Bist du jetzt vollkommen übergeschnappt?“

„Ich will wissen, wo der Fremde herkommt.“

„Wenn du ihm nachrennst, bekommst du höchstens heraus, wo er hingeht. Außerdem ist doch klar, wo er herkommt.“

„Ach ja? Woher denn?“

„Aus dem Keinnasenland.“

„Und wo soll das sein, dieses

Keinnasenland?“

„Das weiß ich doch nicht!“

„Na also!“

„Was, na also? Wie weit willst du dich denn noch vom Dorf entfernen? Du weißt genau, dass das gefährlich ist! Hier im Wald gibt es Wölfe und Hexen und ...“

„Blödsinn! Du kannst ja umkehren, wenn du willst. Ich will jedenfalls wissen, wohin der Fremde geht.“

„Gerade wolltest du noch wissen, wo er herkommt.“

„Ich will eben beides wissen.“

„Deine Neugier wird uns noch umbringen!“

„Und dein Gequatsche hält uns bloß auf!“ Primo geht weiter. Er ist wütend auf Kolle, weil dieser ihn aufhalten will. Noch wütender ist er allerdings auf sich selbst, denn er weiß, dass die ganze Aktion Unfug ist und er sie beide schon wieder in Schwierigkeiten gebracht hat. Doch er ist zu stolz, um das zuzugeben.

Der Wald scheint kein Ende zu nehmen. Nachdem sie einen weiteren Hügel überquert haben, ist von dem Fremden immer noch keine Spur zu sehen. Primo bleibt stehen.

„Also schön, du hast recht. Der Fremde ist verschwunden. Wir werden ihn nicht mehr einholen.“

„Können wir dann jetzt ins Dorf zurückkehren? Ich finde es hier im Wald ziemlich unheimlich!“

„Ja, okay.“

Sie kehren um und bahnen sich zwischen den Baumstämmen und kleinen Tümpeln den Weg. Oft stehen die Bäume so dicht, dass sie Umwege machen müssen. Einmal kommen sie an einem Loch im Boden vorbei. Von unten dringt ein unheimliches Klappern herauf.

„Das … das ist einer von den Knochenmännern!“, flüstert Kolle. „Schnell, lass uns von hier verschwinden!“

Sie hasten weiter.

„Sag mal, bist du sicher, dass wir in die richtige Richtung gehen?“, fragt Kolle nach einer Weile.

„Klar!“, sagt Primo und versucht, zuversichtlich zu klingen. „Vorhin sind wir da lang gegangen, und jetzt gehen wir hier lang.“

„Aber mir kommt es so vor, als wären wir gar nicht so tief in den Wald gegangen. Und diese Pilze dort vorn habe ich vorhin nicht bemerkt."

„Unsinn. Lass uns weiter gehen."

Sie setzen den Weg fort, doch Primo hält nun häufiger an und versucht, herauszufinden, wohin sie gehen müssen. Das allerdings ist schwierig, denn der Wald scheint in alle Richtungen gleich auszusehen. Zu allem Überfluss wird nun auch noch das Licht schwächer, was die Orientierung zusätzlich erschwert.

„Bei Notch, es wird dunkel!", ruft Kolle mit vor Entsetzen bebender Stimme.

„Dann hör auf zu reden und lass uns beeilen!", erwidert Primo, doch auch er bekommt es nun mit der Angst. Er weiß so gut wie Kolle, dass sie eine Nacht im Wald kaum überleben werden. Aufs Geratewohl schlagen sie eine neue Richtung ein und hasten durch das Dickicht. Bald ist es so dunkel, dass sie kaum noch etwas erkennen können.

Unngh! Das Geräusch war ganz nah.

Primo erschrickt zutiefst. Während er sich ängstlich umsieht, fragt sich ein Teil seines Verstandes, woher der Nachtwandler plötzlich gekommen ist. Was machen die Monster, während die Sonne scheint? Leben sie in Löchern im Boden, so wie dem, an dem sie vorhin vorbei gekommen sind?

Er hört Schritte. Eine Gestalt mit grünlicher Haut und zerfetzter Kleidung kommt hinter einem Baumstamm hervor und stolpert auf sie zu.

„Lauf!“, brüllt Primo und rennt los.

„Oh nein!“, ruft Kolle hinter ihm. „Wir werden sterben!“

Ein weiteres *Unngh* kommt von rechts. Die Nachtwandler machen Jagd auf sie!

„Es ... es tut mir leid!“, keucht Primo. „Das ... wollte ich nicht!“

„Da vorne links ist ein Knallschleicher!“, erwidert Kolle. „Pass auf!“

Aber es ist zu spät. Sie sind dem Monster so nahgekommen, dass es zu zischen anfängt und sich aufbläht wie Kuchenteig im Backofen.

„Renn!“, ruft Primo und hastet, so schnell er kann, weiter.

Im nächsten Moment gibt es einen gewaltigen Knall. Primo hat das Gefühl, dass ihn jemand von hinten schubst. Er stolpert und fällt hin, davon überzeugt, dass sich einer der Nachtwandler auf ihn stürzt. Doch anscheinend hat die Explosion nur einen starken Wind erzeugt, der ihn umgeworfen hat.

„Kolle?“, ruft er.

„Ich bin hier!“, antwortet sein Freund von links.

„Komm, weiter! Die Explosion hat die Nachtwandler anscheinend aufgehalten!“

„Das hat doch alles keinen Sinn!“, stöhnt Kolle. „Wir kommen nie mehr aus diesem Wald heraus! Ebenso gut können wir einfach stehenbleiben und warten, bis die Ungeheuer uns auffressen!“

Wie um seine düstere Prognose zu bestätigen erklingen mehrere *Unnghs* aus verschiedenen Richtungen.

„Jetzt hör auf zu jammern und komm!“, widerspricht Primo. „Los, den Hügel da rauf! Vielleicht sehen wir von dort oben etwas.“

Er klettert die Treppenstufen des Hangs hinauf. Kolle folgt ihm, unverständliche Worte murmelnd. Betet er etwa zu Notch? Als Primo den Gipfel erreicht, hört er von rechts ganz nah das Stöhnen eines Nachtwandlers. Doch gleichzeitig entdeckt er etwas, das ihm Hoffnung gibt.

„Dort unten ist Licht!“ Primo springt den Hügel auf der anderen Seite hinab.

Etwas zischt dicht an seinem Gesicht vorbei und bleibt mit einem Pock in einem Baumstamm links von ihm stecken. Ein Pfeil!

„Pass auf, ein Knochenmann!“, ruft Primo. „Lauf im Zickzack hinter mir her!“

„Leicht gesagt! Ich kann dich nicht mehr sehen!“, jammert Kolle von weiter hinten.

„Dann hör auf meine Stimme!“, erwidert Primo, während er mal nach links, mal nach rechts rennt und dabei versucht, die grobe Richtung beizubehalten, in der er das Licht gesehen hat. „Erstes Gebot: Ich bin Notch, dein Herr. Du sollst außer mir keine anderen Programmierer anbeten. Zweites Gebot: Du sollst nicht behaupten, dass es Herobrine gibt. Drittes Gebot: Du sollst zum Gottesdienst in die Kirche gehen. Viertes Gebot: Du ... Da vorne! Da ist das Licht!“

Primo sieht den Schein zwischen den Blättern der Bäume. Er umrundet einen Stamm, und nun ist es ganz deutlich zu sehen: Das Licht kommt aus dem Fenster einer Hütte.

Unngh! Ein Nachtwandler ist Primo dicht auf den Fersen. Er hastet auf die Tür der Hütte zu, doch zu seinem Entsetzen lässt sie sich nicht öffnen. Verzweifelt klopft er dagegen.

„Verschwindet, ihr Scheusale!“, erklingt eine dunkle Stimme von innen. „Oder ich mach euch Beine!“

„Hilfe!“, ruft Primo. „Die Nachtwandler! Sie sind hinter uns her!“

Das ist nicht übertrieben: Eines der Monster stolpert nur wenige Schritte hinter Primo heran.

Die Tür geht auf. Ein Mann mit einer grünen Robe steht im Eingang. Primo hat ihn ein paarmal im Dorf gesehen. Alle nennen ihn den verrückten Willert.

„Was zum Nether tust du mitten in der Nacht hier im Wald? Komm rein!“

Primo tritt in die kleine, aber behagliche Holzhütte. Ein Feuer prasselt im Ofen. Eine Werkbank, eine große Kiste, ein Bett, ein kleiner Tisch und ein Bücherregal vervollständigen die Einrichtung. An den Wänden hängen zwei Fackeln, eine Landkarte und ein Holzrahmen, auf dem ein seltsamer Gegenstand befestigt ist. Er sieht fast so aus wie die missratene Schaufel, die Primo geschmiedet hat.

Der verrückte Willert knallt die Tür zu, kurz bevor der Nachtwandler die Schwelle erreicht.

„Also, raus mit der Sprache! Wer bist du, und wieso rennst du mitten in der Nacht im Wald herum?“

„Kolle!“, ruft Primo.

„Dein Name ist Kolle?“

„Nein! Kolle ist mein Freund! Er ist noch da draußen!“

Willert schüttelt den Kopf. „Dann wirst du ihn nie wieder sehen.“

In diesem Moment dringt von draußen ein schwacher Ruf herein: „Hilfe!“

Bevor Willert ihn daran hindern kann, reißt Primo die Tür auf. „Kolle!“

Sein Freund stolpert auf die Hütte zu. Er bewegt sich seltsam, und sein Gesicht ist ganz bleich.

„Hilfe!“, ruft er erneut.

Unngh! Der Nachtwandler, der Primo verfolgt hatte, streckt gierig die Arme aus und marschiert auf Kolle zu, der viel zu langsam ist, um auszuweichen.

„Lass ihn!“, sagt Willert. „Du kannst ihm nicht mehr helfen!“

Primo ignoriert die Mahnung. Er stürmt aus der Hütte und springt dem Nachtwandler in den Rücken. Das Monster kippt vornüber ins Gras. *Unngh!*, macht es wütend.

„Lauf, Kolle! Lauf!“

Kolle stolpert an ihm vorbei auf die Hütte zu. Er stöhnt, als habe er Schmerzen.

„Das darf doch wohl nicht wahr sein!“, ruft Willert. „Ist heute Nacht hier im Wald ein Idiotentreffen?“

Nun regt sich der Nachtwandler und versucht, sich aufzurappeln. Primo bemüht sich, das Monster am Boden zu halten, doch es ist viel zu stark. Es steht auf, dreht sich auf der Stelle und rudert mit den Armen, um Primo abzuschütteln, während dieser sich an seinen Rücken klammert, als wolle er auf ihm reiten.

„Pass auf, dass er dich nicht beißt!“, ruft Willert. Er kommt aus dem Haus, den länglichen Gegenstand in der Hand, der auf dem Holzrahmen befestigt war. Mit einer raschen

Bewegung rammt er dem Nachtwandler die Spitze in die Brust. Das Monster stößt ein letztes Unngh aus, dann bricht es zusammen.

„Danke!“, stammelt Primo. Während der Nachtwandler sich langsam auflöst, folgt er seinem Retter in dessen Hütte.

„Bist du gebissen worden?“, fragt Willert.

„Nein“, erwidert Primo.

„Ich fürchte, dein Freund schon.“

Kolle liegt auf dem Bett und stöhnt. Sein Gesicht hat eine blassgrüne Färbung angenommen. Er verwandelt sich in einen Nachtwandler!

„Danke … dass du … versucht hast … mich zu retten …“, keucht Kolle.

„Es … es tut mir so leid!“, sagt Primo. „Das ist alles meine Schuld!“

Kolle stöhnt. Es klingt beinahe wie *Unngh*.

4. Der verrückte Willert

„Können wir ... können wir denn gar nichts tun?“, fragt Primo. Es bricht ihm das Herz, mit anzusehen, wie sich sein bester Freund in einen Nachtwandler verwandelt.

„Ich weiß es nicht“, sagt Willert und kramt aus der großen Kiste zwei Flaschen hervor. Eine enthält eine rote Flüssigkeit, die andere eine dunkelbraune.

„Halt ihn fest!“, befiehlt er.

Primo versucht, Kolles Arme ruhig zu halten, während Willert ihm die Tränke einflößt. Kolle wehrt sich und stößt wütende Unnghs aus. Seine Haut ist inzwischen fast so grün wie die der Monster.

Als er den Inhalt beider Flaschen aufgenommen hat, wird Kolle ruhiger.

„Was ... was waren das für Tränke?", fragt Primo.

„Ich bin nicht sicher", erwidert Willert. „Ich habe sie vor langer Zeit von einer Hexe bekommen. Ob sie irgendwie helfen oder deinen Freund vielleicht umbringen, kann ich nicht sagen."

„Warum hast du sie ihm dann gegeben?"

„Weil es das Einzige war, was ich tun konnte. Wer einmal von einem Zombie gebissen wurde, verwandelt sich unweigerlich selbst in einen. Wenn das passiert, kann man ihn nur noch töten."

Das Bewusstsein, dass er am Tod seines Freundes schuld ist, lastet wie ein Steinblock auf Primos Seele. „Und jetzt?", fragt er.

„Jetzt warten wir ab. Wenn er versucht, aufzustehen und uns anzugreifen, werde ich ihn töten."

Eine Weile stehen sie nur stumm da. Kolle liegt reglos auf dem Bett, als sei er schon tot.

„Was habt ihr überhaupt mitten in der Nacht im Wald zu suchen?", fragt Willert.

„Da war ein Fremder", erklärt Primo.

„Ein Fremder? Im Dorf?"

„Ja. Ich bin ihm nachgegangen. Ich wollte versuchen, herauszufinden, wo er herkommt." Primo erzählt den Rest der Geschichte.

Nachdem er geendet hat, sieht ihn Willert eine Weile schweigend an. „Das war eine ausgesprochen dumme Idee", sagt er schließlich.

„Ich weiß", stimmt Primo zu. Er senkt den Kopf.

„Du bist nicht wie die anderen Dorfbewohner, nicht wahr?", fragt Willert. „Du stellst dir den ganzen Tag Fragen, aber du erhältst keine Antworten darauf. Du überlegst, was hinter den Bergen liegt und was wohl am Grund der Schlucht ist. Du willst wissen, woher nachts die Nachtwandler kommen und wohin sie verschwinden, wenn die Sonne aufgeht. Du fragst dich, warum die Welt aus Würfeln besteht. Hab ich recht?"

„Ja!", sagt Primo überrascht, der sich genau diese Fragen schon oft gestellt hat. „Woher weißt du das?"

„Ich war selbst einmal wie du“, erzählt Willert. „Ich war neugierig. Ich wollte die Welt verstehen. Ich wollte Abenteuer erleben. Doch dann ...“

„Was war dann?“, fragt Primo.

„Lassen wir es dabei, dass ich Ärger bekam und das Dorf verlassen musste.“

„Sie haben dich weggeschickt? Mein Vater hat immer gesagt, du hättest das Dorf freiwillig verlassen, weil du verrückt geworden wärst.“

„Vielleicht hat dein Vater recht. Ich wollte nicht mehr im Dorf leben.“

„Was für Ärger hast du denn bekommen? Und mit wem?“

„Ich will dir keine wirren Ideen in den Kopf setzen, Junge. Sonst erklärt Magolus dich am Ende auch noch für verrückt.“

„Magolus denkt das sowieso schon. Und wenn ich jetzt ins Dorf zurückkehre, ohne Kolle, dann ...“ Primo kann nicht weitersprechen.

Eine Weile stehen sie wieder schweigend da und betrachten den Verletzten, der immer noch friedlich da liegt. Täuscht sich Primo, oder ist sein Gesicht etwas weniger grün als zuvor? Im flackernden Licht der Fackeln ist das nicht leicht zu erkennen.

„Meinst du, er wird vielleicht wieder gesund?“

„Ich weiß nicht“, erwidert Willert. „Das Gift der Zombies ist sehr stark. Aber vielleicht hat dein Freund mehr Glück als Verstand.“

„Es war nicht sein Fehler, sondern meiner“, widerspricht Primo, der nicht will, dass jemand Kolle für dumm hält.

„Mach dir keine Vorwürfe, Junge. Du kannst nichts für deine Natur.“

„Was... was ist das eigentlich für ein Ding in deiner Hand? Sieht aus wie ... eine missratene Schaufel.“

Willert lacht. „Das ist ein Schwert. Wie du gesehen hast, ist es gemacht, um zu töten.“

„Der Fremde hatte auch so eins.“

„Ja, sie haben alle eins. Meistens aus Diamant, die sind noch schärfer als dieses Eisenschwert.“

„Alle? Gibt es denn noch mehr Fremde?“

„Natürlich. Was glaubst du, wer diese Hütte hier gebaut hat?“

„Ich dachte, du?“

Willert schüttelt den Kopf. „Ich könnte das

gar nicht. Als Magolus mich vertrieben hat, war ich sicher, dass ich die Nacht allein im Wald nicht überleben würde. Ich wurde von Zombies, Skeletten und Riesenspinnen verfolgt. Doch ich hatte Glück. In höchster Not sah ich ein Licht und fand diese Hütte, in die ich mich flüchten konnte. So überlebte ich. In der Kiste dort waren Lebensmittel für die ersten Tage. Danach musste ich lernen, mich selber zu ernähren. Das Schwert hing in dem Rahmen an der Wand. Ich benutze es nur, wenn es nicht anders geht."

„Hast du den Fremden gesehen, der diese Hütte gebaut hat?"

„Ja. Ich lebte ein paar Tage hier, als er plötzlich zur Tür herein kam. Er trug eine schimmernde Rüstung und hatte ein Diamantschwert in der Hand. Ich bekam einen Riesenschreck. Ich war sicher, er würde mich töten, weil ich in seine Hütte eingedrungen war und von seinen Vorräten gegessen hatte. Doch er war ganz freundlich. Er legte sein Schwert weg und gab mir sogar zu essen. Dann verschwand er wieder, aber er kam bald zurück. Zu Anfang verstand ich seine Sprache nicht, doch er brachte mir nach und nach immer mehr

Wörter bei. Irgendwann konnte ich mich gut genug mit ihm verständigen, um ihm Fragen zu stellen. Woher er kam, was er hier machte."

„Und?", fragt Primo, der so fasziniert von Willerts Erzählung ist, dass er seine missliche Lage völlig vergessen hat. „Was hat er gesagt?"

„Es ist besser, wenn du das nicht weißt", erwidert der Einsiedler.

„Warum? Wie kann es gut sein, etwas nicht zu wissen?"

Willert sieht ihn eine Weile schweigend an, bevor er antwortet. „Weißt du, manches Wissen ist gefährlich. Jedenfalls in den Augen einiger Leute. Du wirst auch so schon genug Ärger bekommen, wenn du ins Dorf zurückkehrst. Wenn du dann auch noch Magolus' Lehren in Zweifel ziehst ..."

„Du meinst die zehn Gebote, und dass Notch die Welt geschaffen hat und so?"

„Ja. Manches davon ist wahr. Notch zum Beispiel hat die Welt tatsächlich geschaffen. Aber eben nicht alles."

„‚Du sollst tun, was der Priester dir gebietet.' Das hat er sich selber ausgedacht, stimmt's? Damit jeder macht, was er sagt."

„Junge, so was solltest du nicht mal denken."

„Ich will es aber denken!", ruft Primo aus. „Ich habe keine Lust, mir von anderen sagen zu lassen, was ich denken darf und was nicht! Wozu hat Notch mir einen Verstand gegeben, wenn ich ihn nicht benutzen soll?"

Willert seufzt. „Ich sehe schon, dir ist nicht mehr zu helfen. Sie werden dich eines Tages aus dem Dorf verstoßen und dich den verrückten Primo nennen."

„Und wenn schon! Dann werde ich eben auch Einsiedler, so wie du. Kann ich nicht vielleicht gleich bei dir bleiben?"

Willert schüttelt den Kopf. „Was würden deine Eltern sagen? Sie würden denken, dass du den Zombies zum Opfer gefallen bist, und wären sehr traurig. Und wenn sie dann eines Tages erfahren, dass du doch noch lebst, was denkst du, wie enttäuscht sie wären?"

Primo nickt. Seine Mutter wurde ein Opfer der Nachtwandler, als er noch klein war. Sein Vater würde es kaum verkraften, den einzigen Sohn zu verlieren. Das kann er ihm nicht antun.

„Du hast recht. Aber … ich habe Angst, ins

Dorf zurückzukehren."

Willert nickt. „Das verstehe ich. Aber du hast Mut."

„Mut? Wenn man mutig ist, dann hat man doch keine Angst, oder?"

„Unsinn. Mut bedeutet, seine Angst zu überwinden. Wer keine Angst hat, ist einfach nur dumm."

Primo denkt darüber nach. Er kommt zu dem Schluss, dass Willert recht hat. Überhaupt scheint er der klügste Mensch zu sein, den Primo je kennengelernt hat. Klüger sogar noch als sein Vater.

„Der Fremde, den wir gesehen haben ... glaubst du, er kommt hierher?" Die Vorstellung, einen Fremden aus der Nähe zu sehen, macht Primo ganz aufgeregt.

Doch Willert schüttelt den Kopf. „Das glaube ich nicht. Es ist bestimmt nicht derselbe, der diese Hütte gebaut hat."

„Woher willst du das wissen?"

„Wenn er es wäre, dann wäre er schon hergekommen. Außerdem ... Es ist schon so lange her, dass ich ihn traf. Du warst noch nicht auf der Welt."

Primo kann sich einen so langen Zeitraum kaum vorstellen. Und die ganze Zeit hat Willert allein hier gelebt ...

Von draußen dringt ein tiefes Stöhnen herein. Es ist ganz nah. Einer der Nachtwandler - Willert hat sie Zombies genannt - schleicht um die Hütte. Plötzlich erklingt ein dumpfes Klopfen an der Tür.

„Was ... was ist das?“, fragt Primo.

„Das machen sie jede Nacht. Diese blöden Zombies kapieren nicht, dass sie die Tür nicht einschlagen können. Irgendwann gewöhnt man sich daran.“

Kolle wälzt sich unruhig auf dem Bett hin und her, als erschrecke ihn das Pochen. Er stöhnt leise im Schlaf.

Primo geht zur Tür. „Verschwinde, du Monster!“, ruft er.

„Sei vorsichtig!“, warnt Willert.

Im selben Moment greift ein grüner, fauliger Arm durch die Fensteröffnung in der Tür. Primo kann ihm gerade noch ausweichen.

Unngh!, macht das Monster gierig.

Erschrocken kehrt Primo wieder zum Bett zurück, während die Arme des Zombies immer noch durch die Tür tasten.

„Warum sind sie so böse?“, fragt er.

„Sie sind nicht böse“, widerspricht Willert. „Sie sind nur hungrig. Und dumm.“

Primo betrachtet seinen Freund, der sich auf dem Bett windet, als habe er Schmerzen. Bitte, Notch, lass ihn nicht zu so einem Monster werden!, fleht er in Gedanken.

5. Heimkehr

Draußen geht die Sonne auf. Der Zombie, der die ganze Nacht um die Hütte herumgeschlichen ist, stößt ein letztes *Unngh* aus. Primo beobachtet durch das Fenster, wie er aufgeregt zwischen den Bäumen herumläuft. Als er aus den Schatten in die Sonne tritt, geht er plötzlich in Flammen auf wie eine lebendige Fackel.

„Er brennt!“, ruft Primo aus.

„Sie vertragen das Sonnenlicht nicht“, stellt Willert fest.

„Wer verträgt das Sonnenlicht nicht?“, fragt Kolle.

Primo dreht sich verblüfft um. „Kolle! Du ...

du bist wieder gesund!“

„Wo bin ich?“, fragt sein Freund. Er sieht immer noch sehr blass aus.

„Ich bin Willert. Du bist in Sicherheit. Kannst du dich erinnern, was gestern Nacht geschehen ist?“

„Der verrückte Willert?“, fragt Kolle. „Aber ... ich dachte, ich hätte nur einen schlimmen Traum gehabt ...“

„Nein“, sagt Primo. „Es ist wirklich passiert. Es war alles meine Schuld. Ich habe dich in große Gefahr gebracht. Meinetwegen wärst du beinahe gestorben. Wenn du nicht mehr mein Freund sein willst, dann kann ich das verstehen.“

„Unsinn“, widerspricht Kolle. „Ich hätte dir ja nicht nachlaufen müssen. Du hast einen Nachtwandler angegriffen, um mich zu retten! Bei Notch, ich kann immer noch nicht glauben, dass das alles wirklich passiert ist!“

„Wie fühlst du dich?“, fragt Willert.

„Ein wenig schwach“, erwidert Kolle. „Und mein Kopf tut weh.“

„Meinst du, wir können ins Dorf zurückkehren?“

Kolle nickt. „Falls wir den Weg dorthin finden."

„Ich bringe euch hin", sagt Willert. „Ich wollte ohnehin ein paar Eier besorgen."

Also brechen sie gemeinsam auf. Mit Willerts Führung dauert es nicht lange, bis sie den Rand des Waldes erreichen und hinter dem Fluss Häuser aufragen sehen. Ein seltsames Gefühl macht sich in Primos Brust breit. Das Dorf, das ihm immer so eng und langweilig vorkam, strahlt auf einmal Sicherheit und Geborgenheit aus. Noch nie hat er sich so sehr gefreut, die Häuser zu sehen.

„Au!", sagt Kolle, als sie aus den Schatten treten.

„Was ist?", fragt Primo besorgt.

„Mein ... mein Gesicht, meine Arme. Sie tun weh."

„Die Sonne", erklärt Willert. „Anscheinend ist das Zombiegift noch nicht vollständig aus deinem Körper verschwunden. Es macht dich empfindlich gegen die Sonnenstrahlen."

„Er ... er wird doch etwa nicht anfangen zu brennen?", fragt Primo besorgt.

„Was?", macht Kolle erschrocken.

„Nein, das glaube ich nicht“, sagt Willert. „Lasst uns trotzdem beeilen.“

Sie durchqueren den Fluss. Kolle spritzt sich Wasser über Kopf und Arme, was seine Schmerzen zu lindern scheint. Rasch überqueren sie die Wiese, die das Dorf umgibt.

„Sie sind zurück!“, ruft einer der Dorfbewohner, als sie sich den Häusern nähern. Es ist Olum, der Fischer, der offenbar gerade zum Fluss unterwegs war.

Die übrigen Dorfbewohner kommen aus ihren Häusern und starren die drei mit großen Augen an. Primos Vater löst sich aus der Menge, rennt auf sie zu und schließt seinen Sohn in die Arme.

„Bei Notch! Wo bist du gewesen, Junge? Wir dachten, ihr seid tot!“

„Wir ... wir hatten uns im Wald verirrt. Wir wären fast gestorben, doch Willert hat uns gerettet.“

„Danke, Willert“, sagt Primos Vater. „Das werde ich dir nicht vergessen.“

„Schon gut. Du passt besser auf deinen Sohn auf. Ich fürchte, er hat denselben Abenteuerdrang in sich wie ich.“

Inzwischen sind auch Kolles Eltern da und umarmen ihren Sohn.

„Aua, ihr tut mir weh!“, beschwert sich Kolle. „Können wir vielleicht ins Haus gehen? Es ist so … hell hier draußen.“

„Was ist mit ihm?“, fragt Kolles Mutter.

„Er wurde von einem Nachtwandler gebissen“, erklärt Primo.

Ein Aufschrei des Entsetzens geht durch die Dorfbewohner. Kolles Eltern lassen ihren Sohn los und machen einen Schritt zurück.

„Aber dann … dann …“, stöhnt seine Mutter.

„Nein, nein, er verwandelt sich nicht“, ruft Primo. „Willert hat ihm Zaubertränke dagegen gegeben. Er ist wieder gesund.“

„Aber … er sieht so blass aus im Gesicht“, widerspricht Kolles Mutter.

„Er braucht etwas Ruhe“, meint Willert. „Bringt ihn ins Haus und gebt ihm etwas zu essen. Er wird schon wieder.“

„Bei Notch!“, erklingt eine scharfe Stimme. „Ihr beide habt nicht nur die Gebote gebrochen, indem ihr gegen meine ausdrückliche Anweisung die Kirche verlassen habt. Ihr habt auch euch und das ganze Dorf in Gefahr gebracht! Und nun bringt ihr auch noch diesen Ketzer hierher!“

„Halt den Mund, Magolus!“, sagt Primos Vater. Primo hat noch nie gehört, dass er dem Priester so offen widersprochen hat. „Willert hat die beiden gerettet. Er verdient unseren Dank und Respekt!“

Zustimmendes Gemurmel erhebt sich unter den anderen Dorfbewohnern. Primo wird plötzlich klar, dass sie alle Magolus nicht besonders mögen.

„Das ändert nichts daran, dass er ein Ketzer ist!“, schimpft der Priester. „Dankt ihm, wenn ihr wollt, aber dann soll er wieder aus meinem Dorf verschwinden!“

„Dein Dorf, Magolus?“, fragt Primos Vater.

„Äh, ich meinte natürlich unser Dorf. Und nun zu euch beiden. Kolle scheint ja schon genug gestraft worden zu sein, indem er von den Bestien der Nacht angegriffen wurde. Notch, unser Herr, hat uns gezeigt, was mit jenen geschieht, die seine Gesetze missachten. Du aber, Primo, musst nun umso mehr Buße tun, denn du warst es, der Kolle sündige Gedanken eingepflanzt und ihn dazu angestiftet hat, die Gebote zu missachten!“

„Magolus …“, beginnt sein Vater, doch Primo unterbricht ihn.

„Er hat recht, Vater. Es war meine Schuld.“

„In der Tat war es deine Schuld! Und deshalb wirst du … wirst du …“ Magolus überlegt angestrengt. Anscheinend hat er keine Strafe parat, die der Schwere von Primos Schuld angemessen wäre. „Du wirst das Heilige Buch auswendig lernen!“, sagt er schließlich. „Von vorne bis hinten!“

„Aber das musste er doch vorher schon, wegen des Huhns in der Kiste“, petzt Birta.

„Ach ja. Nun gut, dann wird er es eben fünfmal auswendig lernen. Nein, besser zehnmal. Hast du gehört, Primo? Zehnmal, jede einzelne Seite!“

Primo bemüht sich, ein Grinsen zu unterdrücken und möglichst erschrocken auszusehen. „Zehnmal? Das ganze Buch?“, fragt er scheinheilig.

Magolus nickt. „Zehnmal! Und keine Seite wird ausgelassen, hörst du?“

Primo senkt den Kopf. „Ja, Magolus.“

„Und jetzt ab in die Kirche mit dir! Ihr anderen geht wieder an eure Arbeit. Und du, Willert, verschwindest wieder in den Wald, wo du hingehörst!“

Der Einsiedler starrt Magolus einen Moment lang an, sagt jedoch nichts. Er dreht sich um und geht.

„Auf Wiedersehen, Willert!“, ruft ihm Primo nach. „Ich komme dich bald besuchen!“

„Untersteh dich!“, ruft Magolus. „Ich verbiete dir, in den Wald zu gehen. Ab sofort gibt es ein elftes Gebot: ‚Du sollst nicht in den Wald gehen.‘ Ich werde dafür sorgen, dass es ins Heilige Buch eingetragen wird!“

Gemurmel erhebt sich.

„Willst du etwa damit sagen, dass du dir die anderen Gebote auch bloß ausgedacht hast?“, fragt Primos Vater.

Der Priester erschrickt. „Was? Wie? Nein! Nein, natürlich nicht! Das habt ihr falsch verstanden. Die Zehn Gebote sind natürlich von Notch. Das mit dem Elften war nur so dahin gesagt. Und jetzt steht hier nicht rum, sondern geht an eure Arbeit, wie es Notch, der Herr, befiehlt!“

Die Versammlung der Dorfbewohner löst sich auf. Birte und Magolus begleiten Primo in die Kirche. Der wirft einen Blick zurück zu seinem Freund, der mit seinen Eltern ins Haus des Bibliothekars geht. Er hebt zum Abschied den Arm. Kolle winkt zurück, doch er sieht immer noch schwach aus.

Die nächsten Tage verbringt Primo allein in der Kirche. Zwar ist es nicht schwieriger, das Heilige Buch zehnmal auswendig zu lernen als einmal, aber das bedeutet nicht, dass es leicht wäre. Und ohne Kolle, der ihn abfragen und korrigieren kann, ist es noch viel langweiliger als zuvor.

Als Primo zum siebten Mal die Stelle liest, in der vom Apostel Jeb berichtet wird, hört er draußen laute Rufe: „Er kommt zurück! Er kommt zurück!"

Primo ist sofort klar, wer gemeint ist. Rasch klettert er die Leiter hinauf auf den Turm. Tatsächlich, da kommt der Fremde aus der Richtung des Waldes. Diesmal sind die Dorfbewohner weniger ängstlich. Sie treten aus ihren Häusern und beobachten den Nasenlosen in seiner schimmernden Rüstung. Primo kann sehen, wie er mit einigen Dorfbewohnern spricht, auch mit Primos Vater. Sie scheinen sich mit Gesten zu verständigen, und dann tauschen sie etwas, doch Primo kann nicht erkennen, was.

Nach einer Weile verschwindet der Fremde wieder. Primo starrt ihm nach. Er würde immer noch liebend gern wissen, woher er kam und wohin er geht. Doch die Lust darauf, ihm zu folgen, ist Primo vergangen.

Gerade, als er die Leiter herabklettern will, um sich wieder dem Studium des Heiligen Buchs zu widmen, kommt eine Gruppe von Dorfbewohnern den Kiesweg entlang, der an der Kirche vorbeiführt. Ihre aufgeregten Stimmen dringen zu Primo herauf.

„Meint ihr, er ist gefährlich?“, fragt Kaus, der Bauer.

„Gut möglich“, erwidert Magolus. „Bei Fremden kann man nie wissen! Immerhin ist er nicht wie wir. Er hat nicht mal eine Nase. Und kaum, dass er hier war, sind zwei unserer Jugendlichen in den Wald gegangen und wären fast gestorben. Wer weiß, was noch geschieht!“

„Wir müssen etwas tun!“, ruft Kaus.

„Lasst uns in die Kirche gehen, da können wir das in Ruhe besprechen“, schlägt Magolus vor.

Während die Männer die Kirche betreten, klettert Primo leise die Leiter hinab in das Zwischengeschoss im Kirchturm. Dort können ihn die anderen nicht sehen. Zwar kann er ihre Stimmen jetzt nicht mehr so leicht auseinanderhalten, doch er kann jedes Wort verstehen.

6. Der Plan

„Also, ich weiß ja nicht …“

„Was weißt du nicht?“

„Ob er wirklich gefährlich ist.“

„Klar, dass du das wieder sagen musst! Du hast auch gesagt, die Nachtwandler hätten bloß Hunger!“

„Das stimmt ja auch!“

„Ja, aber die haben Hunger auf uns!“

„Okay, ich geb' zu, da hab ich mich eben geirrt.“

„Das hätte uns alle fast das Leben gekostet, als du versucht hast, sie mit Schweinefleisch zu füttern!“

„Übertreib mal nicht. In unseren Häusern

sind wir in Sicherheit. Außerdem ist das schon lange her."

„Aber sie bollern manchmal nachts gegen die Türen und ich kann nicht schlafen! Außerdem macht es meiner kleinen Tochter Angst!"

„Ja, meine Kinder haben auch Angst!"

„Jetzt beruhigt euch mal. Die Nachtwandler sind schon lange nicht mehr im Dorf aufgetaucht."

„Aber was, wenn der Fremde ..."

„Ja, wenn der Fremde auch einer von denen ist?"

„So ein Quatsch! Der sieht doch ganz anders aus, und er läuft am hellen Tag draußen herum! Außerdem tut er uns nichts."

„Woher willst du das wissen?"

„Er weiß es, weil er mit ihm gehandelt hat."

„Du hast was??"

„Stimmt das etwa?"

„Gib's ruhig zu! Ich hab es genau gesehen!"

„Was denn? Was soll daran so schlimm sein? Er hat mir einen Smaragd gegeben, und ich habe ihm dafür ein Dutzend gebratene

Fische verkauft!“

„Einen Smaragd?“

„Zeig her!“

„Das ist doch wohl ein Skandal! Mir gibst du nichts von deinem Fisch ab, wenn ich dich darum bitte, aber einem Wildfremden ...“

„Wenn du mir einen Smaragd gibst, bekommst du auch gebratene Fische von mir. Ich geb‘ dir sogar einen Fisch mehr als ihm!“

„Einen Smaragd? Für deine halb vergammelten Fische? Du spinnst wohl!“

„Halb vergammelt? Ich geb‘ dir gleich halb vergammelt!“

„Da seht ihr, was der Fremde anrichtet: Zwietracht und Missgunst bringt er uns!“

„Wenn er einen Smaragd für halb vergammelte Fische bezahlt, kann er jedenfalls nicht besonders intelligent sein.“

„Wenn du noch einmal behauptest, meine Fische seien halb ...“

„Schluss jetzt! Nehmt euch gefälligst zusammen! Wir sind hier im Hause Notchs!“

„Entschuldigung, Magolus. Was denkst du denn über den Fremden?“

„Nun, Notch lehrt uns, dass wir in Frieden

zusammenleben sollen. Andererseits steht im Heiligen Buch nichts über Fremde, und wir können natürlich nicht genau wissen …“

„Da hört ihr's! Der Priester hat gesagt, er ist gefährlich!“

„Das hat er überhaupt nicht gesagt!“

„Er hat gesagt, wir können es nicht genau wissen, und das ist ja wohl dasselbe!“

„Ist es nicht!“

„Wie wär's, wenn ihr Magolus mal ausreden lassen würdet?“

„Wie ich schon sagte, bei einem Fremden kann man nie genau wissen …“

„… ob er gefährlich ist?“

„… ob er noch mehr Smaragde hat, die er mit uns tauschen will?“

„Nun lasst ihn doch endlich mal ausreden!“

„… ob er sich an das Wort des Schöpfers hält. Ob er es überhaupt kennt.“

„Aber jeder weiß doch, dass Notch die Welt in sieben Tagen erschaffen hat, und …“

„Nun, die Nachtwandler kennen Sein Wort jedenfalls nicht, sonst würden sie uns nicht überfallen!“

„Und der Fremde spricht nicht einmal

unsere Sprache. Als ich mit ihm getauscht habe, hat er nur so komisch auf die Fische gedeutet und mir den Smaragd gezeigt."

„Du gibst also endlich zu, dass er gefährlich ist!"

„Tu ich nicht. Ich hab nur gesagt, er spricht unsere Sprache nicht."

„Also kennt er das Wort des Schöpfers nicht. Und das bedeutet, er ist gefährlich!"

„Ob nun gefährlich oder nicht, auf jeden Fall ist er nicht von hier."

„Was du nicht sagst! Wenn er von hier wäre, dann wäre er ja wohl kein Fremder!"

„Ich meinte, vielleicht ist er nicht bloß nicht von hier, sondern von ganz woanders!"

„Hä?"

„Ich weiß auch nicht, wie ich es besser ausdrücken soll. Ihr kennt doch die alte Legende, der zufolge es noch eine andere Welt geben soll ..."

„Du meinst dieses alberne Märchen von der Kugelwelt?"

„Was bedeutet denn ‚Kugel'?"

„Du weißt aber auch gar nichts! Eine Kugel ist rund. Kugelwelt heißt nichts anderes als

‚runde Welt'."

„Aha. Und was bedeutet ‚rund', bitteschön?"

„Na ja, eben nicht eckig. Anders kann ich dir das nicht erklären."

„Sehr hilfreich! Aber mir zu sagen, ich wüsste gar nichts!"

„Ist doch egal. Auf jeden Fall, wenn er wirklich aus dieser Kugelwelt kommt ..."

„Hör mir auf mit deiner Kugelwelt! Das sind doch bloß Geschichten, mit denen man kleine Kinder erschreckt!"

„Nein, ehrlich. Willert hat es mir erzählt. Damals hat ihm der Fremde gesagt, dass wir alle nur in einem großen Kasten sind, der Kombujer heißt oder so ähnlich ..."

„Ja klar! Und der Schöpfer, ist der etwa auch in deinem Kombujer?"

„Nein, der sitzt davor und sagt dem Kombujer, was er machen soll, und ..."

„Jetzt reicht's aber! Hört sofort auf mit dieser Ketzerei! Das ist Gotteslästerung!"

„Aber ..."

„Magolus hat recht! Dieser Fremde kennt das Wort des Schöpfers nicht, und deshalb ist er gefährlich! Wir müssen etwas gegen ihn unternehmen!"

„Ja, aber was?"

„Ich hab eine Idee: Wenn er das nächste Mal kommt und mit uns handeln will, dann locken wir ihn zur Schlucht und schubsen ihn rein."

„Spinnst du? Der hat ein Schwert!"

„Ja, aber wir sind in der Überzahl, und ..."

„Jetzt hört aber mal auf! Er hat uns doch gar nichts getan! Vielleicht will er bloß wieder einen von seinen Smaragden gegen meine ..."

„Aha, daher weht der Wind! Du willst ihm bloß wieder deine stinkenden Bratfische verkaufen! Deine Gier wird uns noch alle umbringen!"

„Wenn wir nicht in der Kirche wären, dann würd' ich dich ..."

„Beruhigt euch bitte! Zank und Streit sind gegen den Willen des Schöpfers, und außerdem helfen sie uns hier nicht weiter. Wenn wir den Fremden loswerden wollen, dann müssen wir alle zusammenhalten!"

„Sag ich doch!"

„Ich finde ja immer noch, dass er vielleicht

gar nicht …“

„Also, wer ist dafür, dass wir was gegen den Fremden unternehmen?“

„Ich.“

„Ich.“

„Ich auch.“

„Ich ebenfalls.“

„Ich nicht.“

„Egal, du bist überstimmt! Verkauf doch deine Fische an die Nachtwandler! Die mögen sie bestimmt.“

„Noch ein Wort, und ich werfe *dich* in die Schlucht!“

„Schluss jetzt! Also, wir machen Folgendes: Wenn er das nächste Mal kommt, dann gehst du zu ihm und zeigst ihm deine Fische. Und wenn er welche kaufen will, dann gehst du ein Stück zurück, und er kommt dir nach. So lockst du ihn bis zum Rand der Schlucht. Und wenn er dann da steht, kommen wir anderen und schubsen ihn runter.“

„Bravo, Magolus! Das ist eine gute Strategie!“

„Das war meine Idee!“

„Ich denke ja nicht daran, den Lockvogel zu

spielen, damit ihr den Fremden umbringen könnt! Sucht euch einen anderen dafür!"

„Ja, hau doch ab und geh zu deinen Nachtwandler-Freunden. Vielleicht kannst du dich mit denen über deine Kugelwelt unterhalten!"

„Gute Idee. Die haben offenbar mehr Verstand als ihr!"

Primo hört die Tür zufallen. Olum, der Fischer, hat die Kirche verlassen.

„Er ist weg."

„Gut so. Der hat ohnehin nur Unsinn geredet. Eine Kugelwelt gibt es nicht, das wäre gegen den Willen des Schöpfers! Warum sonst hätte er wohl unsere Welt aus Würfeln gemacht, wenn es nicht die beste aller denkbaren Formen wäre?"

„Richtig. Und außerdem ist der Fremde ja auch eckig, genau wie wir."

„Stimmt eigentlich. Wenn ich's mir recht überlege ... er ist zwar ein Fremder, aber andererseits ... Vielleicht hat er ja noch einen Smaragd, oder auch mehrere. Wäre doch schade, wenn die in die Schlucht fallen."

„Meinst du, jetzt, wo der Idiot mit seinem

Fisch nicht mehr da ist, kauft er vielleicht was anderes? Zum Beispiel eines meiner Bücher?“

„Pah! Wer braucht denn Bücher? Da wird er doch wohl viel eher an meinen Äpfeln interessiert sein!“

„Unsinn! Wer will schon halb verfaulte Äpfel!“

„Halb verfault? Ich geb' dir gleich halb verfault ...“

„Schluss jetzt, oder ich lass euch alle zur Strafe zehnmal das Notch Unser beten! Merkt ihr nicht, wie der Fremde eure Gedanken verdreht? Er lockt euch mit seinen grünen Glitzersteinen, und ihr lasst euch zum Bösen verführen, so wie die armen Jungen, die ihm in den Wald gefolgt sind. Sie wären seinetwegen fast gestorben!“

„Magolus hat recht. Mein Sohn hat sich immer noch nicht vom Biss des Nachtwandlers erholt. Er stöhnt oft in der Nacht und hat düstere Träume.“

„Er ist besessen vom Bösen!“

„Du solltest ihn besser aus dem Dorf jagen!“

„Meinen Sohn? Bist du verrückt? Da jag ich

eher dich aus dem Dorf!“

„Das kannst du ja mal versuchen!“

„Geht das schon wieder los? Da habt ihr den Beweis: Der Fremde sät nichts als Zwietracht zwischen uns! Wir müssen ihn loswerden. Also, wir machen es so: Du, Nimrod, wirst ihm eines von deinen Büchern anbieten ...“

Den Rest kann Primo nicht verstehen, denn Magolus und die anderen sprechen nun sehr leise. Doch er weiß, dass sich Unheil zusammen braut. Wenn die Dorfbewohner den Fremden tatsächlich in die Schlucht stürzen wollen ...

Er geht näher an die Leiteröffnung heran und beugt sich vor, um mehr von Magolus‘ üblem Plan zu hören. Dabei rutscht ihm das Heilige Buch aus dem Arm und poltert zu Boden.

„Was war das?“, ruft einer der Dorfbewohner.

„Das kam aus dem Turm!“

„Ich seh‘ mal nach!“

Kurz darauf erscheint Magolus‘ Kopf in der Bodenöffnung.

„Du! Was machst du denn hier?“

„Wo soll ich denn sonst sein? Ich darf die

Kirche doch nicht verlassen!“

„Was hast du gehört?“

„Gehört? Ich? Was soll ich denn gehört haben? Ich habe die ganze Zeit das Heilige Buch auswendig gelernt.“

„So? Nun, dann lass mal hören!“

„Am Anfang schuf Notch den Würfel“, zitiert Primo ohne Mühe. „Und Notch sah, dass der Würfel gut war. Also machte er noch mehr Würfel. Und aus den Würfeln machte er den Himmel und die Erde, die Sonne, den Mond und die Wolken. Doch die Würfel auf der Erde waren alle gleich, und sie war flach und öde. Da sprach Notch: ‚Es sollen verschiedene Würfel sein, Würfel aus Stein und aus Erde und aus Sand wie auch solche aus Feuer und Wasser. Und aus Erde und Stein und Sand sollen Berge und Täler und Wüsten werden, auf dass die Landschaft nicht so flach und öde sei. Und Feuer und Wasser sollen darüber fließen.‘ Und so erhoben sich Berge, und es wurden Täler und Wüsten, und in den Bergen machte Notch Höhlen, und Ströme aus Feuer und Wasser flossen durch die Täler und Schluchten. Notch sah, dass es gut war, was er gemacht hatte, und legte sich zur

Ruhe. So endete der erste Tag. Am zweiten Tag aber sah Notch ..."

„Ja, ja, schon gut. Den Rest will ich dir erlassen. Nun geh nach Hause, wir haben hier wichtige Dinge zu besprechen!"

„Ja, Magolus. Danke, Magolus." Primo klettert die Leiter herab und wirft einen kurzen Blick auf die Versammelten. Neben Kaus, dem Bauern und Kolles Vater Nimrod, dem Bibliothekar sind noch Hakun, der Fleischer und Bendo, ein weiterer Bauer anwesend, und natürlich Birta, die sich nie weit von Magolus entfernt.

Mit klopfendem Herzen verlässt Primo die Kirche. Was soll er nur tun?

7. Primos Traum

„Mach dir keine Gedanken!“, sagt Porgo, nachdem ihm Primo von der Verschwörung gegen den Fremden berichtet hat. „Die beruhigen sich schon wieder.“

„Aber Vater, du weißt doch, wie Magolus ist“, widerspricht Primo.

„Ach ja? Wie ist er denn?“

„Er ist … böse“, behauptet Primo.

„Bloß, weil er dich bestraft hat? War das etwa nicht berechtigt?“

„Doch, schon, aber … Wie er Willert behandelt hat, das war nicht richtig. Sogar du hast ihm widersprochen.“

„Das stimmt, und du hast recht, Magolus

hat sich gegenüber Willert falsch verhalten. Aber das heißt noch lange nicht, dass er böse ist. Er handelt bloß danach, woran er glaubt. Er hasst Willert, weil der seinen Glauben in Zweifel zieht. Aber er hat letztlich nur das Wohl des Dorfes im Sinn. Vertrau mir, ich kenne Magolus schon viel länger als dich. Er ist starrköpfig und nicht besonders klug, aber böse ist er nicht."

„Und wenn er dem Fremden etwas antut? Wenn nicht aus Bosheit, dann aus Starrköpfigkeit oder Dummheit?"

Porgo lacht. „Glaub mir, mein Sohn, der Fremde muss sich da draußen mit Nachtwandlern und Knallschleichern und noch viel Schlimmerem herumschlagen. Da kann er sich ganz bestimmt gegen ein paar Dörfler verteidigen. Und nun sei froh, dass Magolus dich von deiner Strafe befreit hat, und lass mich arbeiten. Ich muss noch eine neue Hacke für Bendo machen."

„Ja, Vater."

Doch Primo ist nicht beruhigt. Er geht zu Nimrods Haus. Kolles Vater ist immer noch in der Kirche, aber seine Frau Delfina empfängt Primo freundlich.

„Du kommst bestimmt, um Kolle zu besuchen. Komm doch herein!“

„Ja, vielen Dank.“

Delfina führt ihn in einen Nebenraum der Bibliothek, wo Kolle auf dem Bett liegt. Er wirkt immer noch blass.

„Wie geht es dir?“, fragt Primo betreten.

„Besser“, sagt Kolle. „Aber ich habe seltsame Träume.“

„Was denn für Träume?“

„Ich weiß nicht. Im Traum will ich immer irgendwie alles kaputt machen. Einmal bin ich sogar im Schlaf aus dem Bett geklettert und durchs Haus gestolpert, bis meine Mutter mich geweckt hat.“

„Das ist nicht gut“, sagt Primo. „Es ... es tut mir so leid, dass ich ...“

„Dass du was? Dass du mich nicht eingesperrt hast, damit ich dir nicht folgen kann?“

„Dass ich in den Wald gegangen bin. Du hast versucht, mich aufzuhalten, aber ich habe nicht auf dich gehört. Was mit dir passiert ist, war allein meine Schuld.“

„Was geschehen ist, war der Wille Notchs“,

sagt Delfina. „Wir können es nicht mehr ändern. Kolle hat mir erzählt, wie du einen Nachtwandler angegriffen hast, um ihn zu retten. Wenn du Schuld auf dich geladen hast, dann hast du sie damit beglichen."

„Ich kenne dich", sagt Kolle nach einem Moment des Schweigens. „Irgendwas bedrückt dich. Sind es bloß diese dummen Schuldgefühle?"

Primo schüttelt den Kopf.

„Ich muss noch ein paar Bücher sortieren", sagt Kolles Mutter und lässt die beiden allein.

„Ich mache mir Sorgen", sagt Primo. Er erzählt Kolle, was er in der Kirche gehört hat.

„Mein Vater war dabei?", fragt Kolle.

Primo nickt.

„Ach, die beruhigen sich schon wieder. Mein Vater ist so zerstreut, der vergisst die ganze Sache in dem Moment, wo er aus der Kirche kommt."

„Aber Magolus wird es sicher nicht vergessen."

„Magolus!" Kolle lacht, und es tut Primo gut, dieses vertraute Geräusch zu hören. „Hast du wirklich Angst, dass er dem Fremden gefährlich werden könnte? Ein Priester, der nicht mal begreift, dass zehnmal Auswendiglernen dasselbe ist wie einmal?“

„Nein … aber trotzdem. Ich mache mir Sorgen, dass der Fremde wütend werden könnte oder so.“

„Ach was. Sobald er seine Glitzersteine zeigt, kriegen die Dorfbewohner alle gierige Augen und vergessen den Plan. Und allein wird sich Magolus bestimmt nicht trauen, etwas zu unternehmen.“

„Vielleicht hast du recht“, sagt Primo, doch er ist immer noch nicht beruhigt. „Wenn ich doch bloß Willert um Rat fragen könnte …“

„Du hast doch nicht etwa vor, wieder in den Wald zu gehen?“

Primo schüttelt heftig den Kopf. „Nein, nein. Ich kenne ja nicht mal den Weg zu Willerts Hütte.“

Sie unterhalten sich noch eine Weile über den Fremden. Als der Abend dämmert, kehrt Primo schließlich nach Hause zurück. Nachts weckt ihn das Stöhnen der Nachtwandler, die um das Dorf herumschleichen, so dass er am nächsten Morgen unausgeschlafen ist. Zu allem

Überfluss regnet es auch noch. Das bedeutet, dass die Nachtwandler auch am Tag ungehindert herumlaufen können und die Dorfbewohner ihre Häuser nur im Notfall verlassen. Primo kann nicht viel tun außer seinem Vater bei der Arbeit zuzusehen oder aus dem Fenster zu starren und auf besseres Wetter zu hoffen.

„Hast du dich nun entschieden, welchen Lebenspfad du einschlagen willst?“, fragt Porgo irgendwann.

„Ich will Einsiedler werden wie Willert“, antwortet Primo ohne nachzudenken.

Das Lachen seines Vaters dröhnt durch die Schmiede. „Das ist mal eine originelle Idee! Im Ernst, Primo, du musst dich bald entscheiden. Ich hab dir ja schon hundertmal angeboten, dir das Schmiedehandwerk beizubringen ...“

„Du weißt doch, dass ich dazu kein Talent habe, Vater.“

„Unsinn. Du musst es nur erst lernen.“

„Aber das Dorf hat schon einen Schmied.“

„Irgendwann werde ich mal nicht mehr da sein. Dann braucht es einen neuen.“

Primo schweigt. Darüber, dass sein Vater eines Tages sterben könnte, will er gar nicht nachdenken.

Porgo deutet das Schweigen falsch. „Also schön, wenn nicht Schmied, was willst du dann werden? Priester vielleicht? Immerhin kannst du ja schon das Heilige Buch auswendig!“

„Niemals!“, ruft Primo, als hätte sein Vater ihn beleidigt.

„Nun ja, dann überleg halt weiter. Aber viel Zeit bleibt dir nicht mehr.“

Primo starrt weiter aus dem Fenster.

„Kann man … kann man eigentlich ein Fremder werden?“, fragt er nach einer Weile.

„Wie stellst du dir das denn vor? Willst du dir die Nase abschneiden?“

„Nein, so meinte ich das nicht. Aber … der Fremde kommt sicher irgendwo her, aus dem Keinnasenland oder von sonstwo. Und da, wo er herkommt, ist er doch kein Fremder, oder?“

„Weiß nicht. Wahrscheinlich nicht.“

„Aber wenn ich dorthin ginge, wäre ich dort ein Fremder, so wie er hier einer ist.“

„Kann schon sein.“

„Also kann man ein Fremder werden.“

„Nein, kann man nicht! Wie willst du denn ins Keinnasenland kommen? Sobald du einen

Tag lang gegangen bist und die Sonne untergeht, fressen dich die Nachtwandler. Dann ist deine Reise zu Ende. Deshalb können wir keine Fremden sein - wir kommen niemals bis zu einer Gegend, wo uns niemand kennt."

„Aber ... aber der Fremde schafft es doch auch!"

„Er ist eben anders als wir. Er hat ein Schwert und eine Rüstung. Er kann kämpfen und im Boden graben und Hütten bauen."

„Vielleicht kann ich das ja auch lernen, so wie das Schmiedehandwerk." Kaum hat er den Gedanken ausgesprochen, weiß Primo, dass genau das sein Lebensziel ist: Er will lernen, in die Welt hinauszuziehen wie ein Fremder. Er will ein Schwert besitzen und eine Rüstung, so dass er keine Angst mehr vor Nachtwandlern haben muss. Dann wird er ferne Länder erforschen, die viele Tagesmärsche entfernt sind. Vielleicht wird er sogar Höhlen unter der Erde entdecken und glitzernde Steine finden und schreckliche unbekannte Monster besiegen und ...

„Aha. Und wer soll dir das beibringen?"

Primos Traum zerplatzt wie ein wütender Knallschleicher. Er seufzt.

„Nun mach nicht so ein Gesicht!“, muntert ihn sein Vater auf. „Uns geht es doch gut hier im Dorf. Wir haben zu Essen und ein Dach über dem Kopf. Ich bin sicher, der Fremde beneidet uns darum.“

„Der Fremde! Natürlich!“, ruft Primo aus.

„Was?“

„Der Fremde kann mir beibringen, wie man kämpft und Hütten baut und in der Erde gräbt!“

Porgo schüttelt den Kopf. „Erstens ist der Fremde gar nicht da, und zweitens sprechen wir seine Sprache nicht. Es tut mir leid, mein Sohn, aber du wirst dich an den Gedanken gewöhnen müssen, dass du für immer hier im Dorf bleiben musst.“

Primo denkt gar nicht daran, sich damit abzufinden. „Willert kennt die Sprache des Fremden. Er kann sie mir vielleicht beibringen!“

„Jetzt reicht’s aber!“

Primo erschrickt. Sein Vater wird selten wütend, aber wenn, dann ist es besser, ihm nicht zu widersprechen.

„Willert konnte seine Neugier nicht zügeln und hat sich mit einem Fremden angefreundet. Das hat es ihm unmöglich gemacht, hier im Dorf zu bleiben. Jetzt lebt er ganz allein in einer Hütte im Wald. Glaubst du etwa, es gefällt ihm dort?“

Ja, denkt Primo, aber er hütet sich, das auszusprechen.

„Wir Nasenmenschen sind nun mal nicht für Abenteuer und Reisen gemacht“, fährt sein Vater fort. „Wir sind nicht wie die Fremden. Und jetzt will ich nichts mehr davon hören! Du hast schon genug Unheil angerichtet mit deinen Träumereien!“

„Ja, Vater“, sagt Primo kleinlaut. Doch insgeheim grübelt er weiter darüber nach, wie er die Sprache des Fremden lernen und sich von ihm das Kämpfen beibringen lassen könnte.

8. Die Schlucht

Am nächsten Tag ist das Wetter besser. Als die Sonne aufgeht, beobachtet Primo, wie die Nachtwandler brennend auf der Wiese herumlaufen. Sie tun ihm beinahe leid. Beinahe.

Er läuft zum Haus seines Freundes und schlägt ihm vor, zum Fluss zu gehen. Doch Kolle hat keine Lust. Obwohl die Schmerzen, die die Sonne ihm verursacht, schon weniger schlimm sind, will er immer noch lieber im Haus bleiben.

Also geht Primo allein zum Ufer. Dort bleibt er stehen und starrt sehnsüchtig in den Wald, der am Tag so friedlich aussieht. Er könnte durch den Fluss waten und sich auf die Suche nach Willerts Hütte machen. Es war eigentlich gar nicht so weit ... Doch der Gedanke, wie wütend sein Vater wäre, wenn er das täte, schreckt ihn ab. Das und die Vorstellung, dass er sich erneut verirren könnte.

Während er so dasteht, nimmt er plötzlich am Waldrand eine Bewegung wahr. Eine glänzende Gestalt kommt zwischen den Bäumen hervor. Der Fremde! Er kehrt zurück! Im ersten Moment freut sich Primo, doch dann erinnert er sich an Magolus' Plan. Und ihm wird klar: Er muss unbedingt verhindern, dass der Fremde ins Dorf kommt!

Primo wedelt mit den Armen. „Bleib dort!“, ruft er. „Geh nicht ins Dorf! Sie wollen dich in die Schlucht stürzen!"

Der Fremde bleibt am Flussufer stehen und sieht Primo sichtlich verwirrt an, während er etwas in seiner fremden Sprache ruft: *Nanu? Seit wann wedeln denn Dorfbewohner mit den Armen?*

Primo hat die Worte nicht verstanden, aber erkannt, dass der Fremde eine Frage gestellt hat. „Magolus!“, ruft er zurück. „Der Priester! Er ist es, der die anderen anstiftet!“

Warte, ich komme zu dir, antwortet der

Fremde.

Zu Primos Entsetzen durchquert der Fremde den Fluss. Am anderen Ufer angekommen, holt er einen grünen, funkelnden Stein hervor.

Hier, was kannst du mir dafür geben?

Primo starrt den Stein an. „Wo hast du den gefunden?“, fragt er.

Der Fremde wirkt enttäuscht. *Willst du nicht mit mir tauschen?*

Primo schüttelt den Kopf, um anzudeuten, dass er die Worte nicht verstanden hat.

Dann eben nicht, sagt der Fremde und will weiter in Richtung des Dorfes gehen.

Schnell stellt sich Primo ihm in den Weg.

Du bist aber ein seltsamer Dorfbewohner, sagt der Fremde. *Deine KI hat wohl einen Bug?*

„Du darfst nicht ins Dorf gehen!“, erklärt Primo noch einmal. „Sie wollen dich töten!“

Geh mir aus dem Weg, du durchgeknallter Hampelmann, sagt der Fremde.

Primo blockiert weiter den Weg zum Dorf. „Nein! Nicht!“

Der Fremde hat plötzlich einen langen Gegenstand in der Hand, der noch schöner funkelt als der Glitzerstein. Ein Schwert aus Edelsteinen! Primo betrachtet es fasziniert.

Aus dem Weg!, sagt der Fremde und macht einen Schritt vor, so dass die Spitze des Schwerts gegen Primos Brust drückt.

„Aua!“, ruft Primo aus und springt zur Seite.

Der Fremde setzt seinen Weg in Richtung des Dorfes fort. Primo überholt ihn und stellt sich ihm ein weiteres Mal in den Weg. „Gehe da nicht hin!“, ruft er, verzweifelt mit den Armen wedelnd. „Du darfst nicht sterben! Du ... du musst mir doch zeigen, wie man mit einem Schwert umgeht!“

Geh aus dem Weg, oder ich zeige dir, wie man mit einem Schwert umgeht!, ruft der Fremde. Drohend hebt er das Glitzerschwert.

Primo sieht ein, dass er nichts tun kann, und macht den Weg frei.

Na also, geht doch.

Er folgt dem Fremden in respektvollem Abstand. Wenn er ihn nicht aufhalten kann, dann muss er eben versuchen, die anderen von ihrem Vorhaben abzubringen.

„Er kommt zurück!“, ruft Birta von der

Spitze des Kirchturms. „Der Fremde kommt zurück!“

Das bedeutet nichts Gutes. Und tatsächlich hat sich kurz darauf eine kleine Gruppe von Dorfbewohnern versammelt, die den Fremden mit verschränkten Armen und mürrischen Gesichtern empfängt. Es sind die Verschwörer aus der Kirche, allen voran Magolus. Nur Nimrod, der Bibliothekar fehlt.

„Willkommen, Fremder!“, sagt der Priester. „Wie wär‘s, wollen wir vielleicht tauschen? Ich habe hier ein mächtiges Zauberbuch!“ Er hält ein schimmerndes Buch hoch, das ihm Kolles Vater gegeben haben muss. „Du kannst es für nur einen Glitzerstein haben!“

Was ist das für ein Buch?, fragt der Fremde.

„Nein!“, ruft Primo. „Glaub ihm nicht! Er will dich nur in die Falle locken!“

„Was macht denn der Junge hier?“, fragt Kaus, der Bauer.

„Er warnt den Fremden!“, erklärt Hakun, der Fleischer.

„Ach, wirklich?“

„Wenn du es schon weißt, warum fragst du

dann?“

„Jedenfalls hat der Junge hier nichts verloren“, sagt Magolus. „Verschwinde, oder ich lasse dich das Heilige Buch noch zehnmal auswendig lernen!“

„Ihr dürft dem Fremden nichts tun!“, ruft Primo.

Also was ist jetzt?, fragt der Fremde. *Wollt ihr Handel treiben oder hier rumstehen und quatschen?*

„Was hat er gesagt?“, fragt Kaus.

„Woher soll ich das wissen?“, antwortet Hakun.

„Komm!“, sagt Magolus und geht den Kiesweg entlang in Richtung der Schlucht. „Ich möchte dir etwas zeigen!“

„Nein!“, ruft Primo und will sich dem Priester in den Weg stellen, doch Birta und Kaus drängen ihn ab. So bleibt ihm nichts anderes übrig, als der kleinen Prozession zu folgen.

Magolus lockt den Fremden bis an den Rand der Schlucht. Ein Wasserfall stürzt auf der gegenüberliegenden Seite aus der Felswand und formt am Grund einen kleinen Teich. Die Schlucht ist mindestens fünfzehn Blöcke tief.

Primo klopft das Herz bis zum Hals. Einen Sturz in diese Tiefe wird niemand überleben, Rüstung oder nicht!

Geh lieber nicht so nah an den Rand, sonst fällst du noch in die Schlucht, sagt der Fremde. *Also, was ist jetzt? Gibst du mir das Buch oder nicht?*

„Jetzt!“, ruft Magolus. „Schubst ihn in die Schlucht!“

Birta, Kaus, Bendo und Hakun versuchen, den Fremden in Richtung des Abgrunds zu drängen.

He, was soll das? Bleibt mir gefälligst vom Leib!

„Nein!“ Primo stürzt sich auf Birta, um sie von dem Fremden wegzuziehen.

„Lass mich los, du frecher Bengel!“, keift Birta, während Kaus und Bendo versuchen, Primo von ihr zu trennen. Es kommt zu einem heftigen Gerangel.

Plötzlich erklingt ein langgezogener Schrei: „Aaaah ...“

Erschrocken drehen sich Primo und die anderen Dorfbewohner um.

Das habt ihr jetzt davon!, sagt der Fremde.

Was ist bloß mit euch los? In was für ein seltsames Dorf bin ich hier geraten?

„Wo … wo ist Magolus?“, fragt Birte.

Kaus, Bendo und Hakun sehen sich betreten an. Primo beugt sich über den Rand der Schlucht.

„Da unten ist er!“, ruft er.

Der Priester steht mitten in dem Tümpel, den der Wasserfall gebildet hat, und blickt zu ihnen hinauf.

„Hilfe!“, ruft er. „Holt mich hier raus!“

„Er … er ist in die Schlucht gefallen!“, ruft Kaus aus.

„Was du nicht sagst!“, kommentiert Hakun.

„Wir müssen ihn retten!“

„Wie denn? Willst du vielleicht auch in die Schlucht springen?“

„Das ist alles deine Schuld!“, ruft Birta und zeigt auf Primo.

„Meine Schuld?“, protestiert Primo. „Aber … aber ich wollte doch bloß verhindern …“

„Der arme Magolus!“, sagt Kaus.

„Sag mal, Fremder, jetzt, wo du kein Buch mehr kaufen kannst … ich hätte da ein paar leckere gebratene Hähnchen im Angebot!"

„Hakun! Du wirst doch jetzt nicht mit dem Fremden handeln wollen!", empört sich Birta.

„Aber wo Magolus nun nicht mehr da ist und sonst keiner etwas hat, das einen Glitzerstein wert ist ...", erwidert der Fleischer.

„Also, ich hätte noch ein paar schöne Äpfel anzubieten", wirft Bendo ein.

„Hilfe!", erklingt es vom Grund der Schlucht.

Primo blickt noch einmal in die Tiefe. Magolus hat seine Strafe verdient, aber die Vorstellung, dass er dort unten gefangen ist und bei Einbruch der Dunkelheit von den Nachtwandlern gefressen wird, ist schwer zu ertragen.

„Kannst du nicht vielleicht irgendetwas tun?", fragt er den Fremden.

Geht mir aus dem Weg! Der Fremde holt einen seltsamen Gegenstand hervor: Ein langer Stil aus Holz mit einer gebogenen Eisenstange am Ende, die an beiden Seiten spitz zuläuft. Das Ding sieht so ähnlich aus wie die Hacken, die sein Vater für die Bauern macht, aber es ist viel massiver und schwerer.

Der Fremde hebt das Gerät in die Luft. Primo springt erschrocken zur Seite, als er es herabsausen lässt. In dem Steinblock vor dem Fremden erscheint ein tiefer Riss. Noch einmal schwing der Fremde sein Gerät, dann löst sich der Block vor ihm auf und verwandelt sich in einen kleinen Steinblock, den er aufsammelt.

„Was macht er da?“, fragt Kaus.

„Er macht die Schlucht kaputt!“, erklärt Hakun.

„Er ist wütend!“, jammert Birta. „Bei Notch, er wird uns alle in die Schlucht werfen!“

„Ich muss los!“, erklärt Hakun. „Ich habe noch einen Rinderbraten im Ofen!“

„Und ich muss schnell noch nach meinem Getreide sehen!“, behauptet Kaus.

Die Dorfbewohner machen sich eilig aus dem Staub. Nur Primo bleibt zurück und beobachtet den Fremden, wie er einen Steinblock nach dem anderen zertrümmert. Bald ist erkennbar, was er vorhat: Er baut eine Treppe zum Grund der Schlucht! Primos Herz pocht heftig. Wenn er auch so ein Steinschlagding hätte, könnte er ein Loch in den Boden hauen oder sogar eine Treppe in die Tiefe machen und nach Edelsteinen graben!

Der Fremde steigt die Stufen hinab, die er vor sich in den Fels schlägt. Primo folgt ihm vorsichtig. Bald kommen sie an einen Einschnitt in der Felswand. Vor ihnen ist jetzt ein senkrechter Abgrund, immer noch fünf Blöcke hoch. Es ist kein Felsen mehr da, um die Treppe weiter in die Tiefe zu schlagen. Primo will sich schon enttäuscht umwenden, als der Fremde den Steinzertrümmerer wegsteckt und einen der kleinen Steinwürfel hervorholt, die er zuvor aufgesammelt hat. Er beugt sich etwas vor und klebt den Würfel an die Felswand, wo er augenblicklich wieder zu einem großen Steinblock wird.

Bei Notch! Was für seltsame Zauber der Fremde beherrscht! Mit seinem magischen Trick kann er die Treppe bis zum Grund der Schlucht fortsetzen.

Magolus starrt Primo und den Fremden mit großen Augen an. Dann senkt er den Kopf.

„So stehe ich nun hier und empfange den Tod", sagt er mit monotoner Stimme. „Notch unser, der du bist im Ende ..."

Also, gibst du mir jetzt das Buch oder

nicht? Der Fremde hält Magolus seinen Glitzerstein hin.

Der Priester blickt verwirrt auf. „Willst du mich denn nicht töten?"

Der Fremde sagt nichts.

„Ich glaube, er möchte, dass du ihm das Buch gibst", sagt Primo.

„Er ist nicht hergekommen, um mich zu bestrafen?"

„Er ist hergekommen, um dich zu retten."

„Bei Notch, was bin ich für ein Dummkopf!" Magolus gibt dem Fremden das Buch. „Nimm dies zum Dank! Und verzeih mir meine finsteren Absichten."

Der Fremde steckt den Glitzerstein wieder weg und nimmt das Buch. *Ihr seid wirklich die merkwürdigsten Dorfbewohner, denen ich je begegnet bin,* sagt er. *Erst ziert ihr euch, zu handeln, und dann schenkt ihr mir eure Sachen einfach. Na, egal. Jedenfalls danke.* Er dreht sich um und klettert die Treppe hinauf.

Primo und Magolus folgen ihm rasch.

9. Kolles Wut

Als sie ins Dorf zurückkehren, werden sie von den Bewohnern begeistert empfangen, die wild durcheinander rufen.

„Magolus ist zurück!"

„Er lebt!"

„Bei Notch, der Fremde hat ihn gerettet!"

„Ein Hoch auf den Fremden!"

„Wo ist er eigentlich?"

„Wo ist wer?"

„Der Fremde natürlich, du Trottel!"

„Selber Trottel!"

Primo blickt sich um. Tatsächlich, der Fremde ist nirgends zu sehen. Während die anderen Magolus' Rückkehr bejubeln, rennt er zum Flussufer. Als er dort ankommt, klettert der Fremde gerade das Ufer auf der anderen Seite hinauf.

„Danke!“, ruft Primo.

Der Fremde dreht sich um. *Was willst du denn schon wieder?*

Primo winkt ihm zu. „Bitte komm irgendwann noch einmal zurück! Ich würde so gern von dir lernen!“

Der Fremde schüttelt den Kopf. *Euer Dorf ist wirklich seltsam. Ich muss unbedingt wiederkommen, um es mir genauer anzusehen.* Er wendet sich um und verschwindet im Wald.

Primo sieht ihm enttäuscht nach. Obwohl er die Sprache des Fremden nicht spricht, scheint dieser seine Bitte verstanden zu haben, denn er hat zur Antwort mit dem Kopf geschüttelt. Dabei hätte Primo doch noch so viel von ihm lernen können!

Traurig kehrt er ins Dorf zurück. Die Bewohner haben sich vor der Kirche versammelt. Sie blicken ihn finster an.

„Da ist er!“, ruft Kaus.

„Er ist schuld!“, behauptet Birta. „Er war es, der Magolus in die Schlucht geschubst hat!“

„Ich hab es genau gesehen!“, sagt Bendo.

„Unfassbar!“

„Entsetzlich!“

„Aber ... aber das stimmt nicht!“, versucht sich Primo zu verteidigen. „Ich wollte bloß verhindern, dass Magolus und die anderen den Fremden in die Schlucht stürzen!“

„Wie kannst du es wagen, unserem Priester so etwas Gemeines zu unterstellen!“, keift Birta. „Magolus wollte bloß mit dem Fremden Handel treiben!“

„Das ist nicht wahr!“, widerspricht Primo.

„Willst du etwa behaupten, dass Magolus lügt?“

„Nein. Aber ich behaupte, dass du lügst, Birta! Ich habe gehört, wie ihr in der Kirche darüber gesprochen habt, dass ihr den Fremden in die Schlucht stürzen wollt!“

Einen Augenblick lang sagt niemand etwas. Die Anschuldigung hängt in der Luft wie der Gestank von verfaultem Nachtwandlerfleisch.

„Was sagst du dazu, Magolus?“, fragt Primos Vater.

„Notch, unser Herr, gebietet uns, Milde walten zu lassen“, erwidert der Priester. „Wir sollten Primos jugendlichem Überschwang nicht zu viel Bedeutung beimessen!"

„Also hat Birta recht", ruft einer der Bauern. „Primo ist schuld."

„Das hat Magolus nicht gesagt."

„Hat er doch!"

„Hat er nicht!"

„So oder so, Primo muss bestraft werden!"

Die Dorfbewohner diskutieren eine Weile. Primo versucht, sich Gehör zu verschaffen und zu erklären, wie es wirklich gewesen ist, doch niemand achtet auf ihn. Schließlich scheint sich in der Menge die Meinung durchzusetzen, dass Primo auf jeden Fall an irgendetwas schuld ist, wenn man sich auch nicht einig ist, an was genau. Und schon entbrennt eine Diskussion über die gerechte Strafe.

„Lasst ihn das Heilige Buch auswendig lernen!"

„Das hat er doch schon auswendig gelernt, du Idiot!"

„Selber Idiot! Dann sperren wir ihn eben einfach so in die Kirche!"

„Nein, verbannen wir ihn lieber aus dem Dorf!"

„Lasst ihn uns in die Schlucht werfen!"

„Ja, wenn er Magolus in die Schlucht geworfen hat, dann sollten wir dasselbe mit ihm machen!"

„Spinnt ihr? Dann stirbt er doch!"

„Tut er nicht. Magolus ist schließlich auch nicht gestorben."

„Das war ein Wunder! Notch hat ihn gerettet!"

„Quatsch, das war der Fremde!"

„Also was jetzt, werfen wir ihn in die Schlucht oder nicht?"

„Nein!"

„Doch!"

„Niemals!"

„Auf jeden Fall!"

„NIEMAND RÜHRT MEINEN FREUND AN!" Es ist Kolle, der das gebrüllt hat, doch seine Stimme klingt nicht wie sonst: sie ist auf einmal viel tiefer und lauter.

Alle starren den Sohn des Bibliothekars entsetzt an. Sein Gesicht ist grün angelaufen, die Augen schimmern rötlich. Der Körper scheint angeschwollen wie der eines Knallschleichers kurz vor der Explosion. Seine

Kleidung ist kurz davor, an den Nähten aufzuplatzen.

„Kolle, was ist mit dir los?“, fragt Primo erschrocken.

„Er ... er verwandelt sich!“, ruft Birta entsetzt. „Bei Notch, er wird zu einem Nachtwandler!“

„Rette sich, wer kann!“

Die Dorfbewohner fliehen in alle Richtungen. Nur Primo, sein Vater und Kolles Eltern bleiben zurück. Allmählich nimmt Kolles Gesicht wieder eine normale Färbung an. Sein Körper sackt in sich zusammen.

„Bei Notch, was ist geschehen?“, fragt Kolles Mutter. Sie nimmt ihren Sohn in den Arm.

„Ich ... ich weiß nicht“, sagt Kolle. „Ich war auf einmal so wütend! Sie wollten Primo in die Schlucht stürzen, dabei hat er doch nichts Böses getan!“

„Es ist das Nachtwandlergift“, sagt Nimrod. „Es ist immer noch in seinem Körper. Wenn er wütend wird, verändert es ihn.“

„Aber ... das ist ja schrecklich!“, schluchzt seine Mutter. „Mein armer Junge! Er ist verflucht!“

Porgo macht ein nachdenkliches Gesicht. „Vielleicht ist es gar kein Fluch."

„Wie meinst du das, Vater?", fragt Primo.

„Wie fühlst du dich?", fragt Porgo Kolle.

„Ein ... ein bisschen schwach. Mein Kopf tut weh."

„Und vorhin? Wie hast du dich gefühlt, als du Primo verteidigen wolltest?"

„Seltsam. Wütend. Und stark. Ich hatte das Gefühl, dass mein Körper und meine Kräfte gewachsen sind."

„Das ist es, was ich meinte. Notch hat Kolle die Kraft eines Nachtwandlers verliehen."

„Soll das heißen, er wird stark, wenn er wütend wird?", fragt Nimrod.

Porgo nickt. „Das könnte durchaus sein."

„Aber was, wenn er dann jemanden verletzt?", fragt Delfina besorgt. „Wenn er seine Wut nicht kontrollieren kann?"

„Ich weiß es nicht", antwortet Porgo. „Er muss eben lernen, damit umzugehen. Ihr solltet ihn dabei unterstützen. Vielleicht ist diese seltsame Verwandlung ein Fluch, vielleicht ein Geschenk Notchs. Vielleicht auch beides."

Kolle und Primo blicken sich betreten an.

„Danke, dass du dich für mich eingesetzt hast!“, sagt Primo.

Kolle lächelt schwach. Man kann ihm ansehen, wie unwohl er sich fühlt.

Am nächsten Tag ist Gottesdienst.

„Ein Schatten ist über dieses Dorf gefallen!“, beginnt Magolus seine Predigt. „Seit der Fremde kam, ist nichts mehr, wie es früher war. Zwei jungen Männern aus unserer Mitte hat er den Verstand verwirrt, so dass sie ihm in den Wald nachgelaufen sind. Kolle wurde dabei von einem Nachtwandler gebissen und von einem schrecklichen Fluch befallen!“ Er macht eine Pause, um die Worte wirken zu lassen. „Der Fremde ist fortgegangen, doch was, wenn er wiederkommt?“, fährt er fort. „Was, wenn er weiteres Unheil über unser Dorf bringt?“

Die Dorfbewohnern murmeln beunruhigt.

„Aber der Fremde ist nicht schuld an dem, was passiert ist!“, ruft Primo. „Es war mein Fehler, dass wir in den Wald gegangen sind und Kolle gebissen wurde. Der Fremde hat Magolus gerettet, indem er eine Treppe zum Grund der Schlucht gebaut hat, obwohl ihr zuvor versucht hattet, ihn dort hinunterzustoßen!“

„Wie kannst du es wagen, die Predigt zu unterbrechen!“, schimpft Birta. „Sei sofort still, oder ich werfe dich aus der Kirche!“

Magolus hebt die Arme, um das aufgeregte Gemurmel zu beenden. „Beruhigt euch, liebe Gläubige! Primo hat recht: Es war seine Schuld, dass Kolle verflucht wurde, ebenso wie es seine Schuld war, dass ich in die Schlucht stürzte!“

„Aber ...“ protestiert Primo, doch Magolus redet einfach weiter.

„Doch wir wollen ihm verzeihen, denn in der Vergebung liegt die Gnade Notchs. Und außerdem hat der Fremde seinen Verstand verwirrt und ihn mit dem Glitzerstein verlockt.“

„Das ist doch Unsinn!“, ruft Primo erneut dazwischen. „Mich interessiert dieser Glitzerstein überhaupt nicht! Ich will bloß, dass er mir beibringt, wie man kämpft und Löcher in den Boden macht und so!“

Es wird totenstill in der Kirche. Alle starren Primo an.

„Da hört ihr es!“, sagt Magolus. „Der Fremde hat ihn verrückt gemacht! Kein Dorfbewohner hat jemals den Wunsch gehabt, zu kämpfen oder Löcher in den Boden zu machen!“ Er schüttelt den Kopf, als sei er tieftraurig darüber. Zustimmendes Gemurmel erhebt sich in der Kirche.

„Wie ich schon sagte, der Fremde hat Unheil über unser Dorf gebracht. Er mag freundlich erscheinen, doch das Böse tarnt sich oft mit der Maske des Guten.“

Genau wie du, Magolus, denkt Primo, doch er wagt nicht, es laut zu sagen.

„Deshalb verkünde ich hiermit ein neues Gebot“, ruft der Priester. „Niemand darf mit dem Fremden sprechen noch Handel mit ihm treiben oder ihm Unterschlupf gewähren in seinem Haus.“

„Keinen Handel?“, fragt Hakun enttäuscht. „Aber ich wollte ihm für einen Glitzerstein meine Brathähnchen ...“

„Niemand spricht mit dem Fremden!“, donnert Magolus. „Wenn er noch einmal ins Dorf kommt, dann sehen wir ihn nicht an und tun einfach so, als wäre er nicht da. Irgendwann wird er schon wieder verschwinden. Das gilt auch für dich, Hakun!“

Allgemeines Kopfnicken signalisiert

Zustimmung.

„Und was ist mit Kolle?“, fragt Birta. „Er wurde verflucht. Es wäre zu gefährlich, ihn hier im Dorf zu behalten! Was, wenn er sich vollends in einen Nachtwandler verwandelt?“

„Ja, er muss verschwinden!“, rufen einige Dorfbewohner. „Er ist gefährlich! Schickt ihn fort!“

Kolle senkt den Kopf. Seine Eltern blicken sich betroffen in der Kirche um.

„Wenn Kolle gehen muss, dann gehe ich auch!“, sagt Primo laut.

„Gut“, antwortet Birta. „Dann sind wir die beiden schlimmsten Störenfriede jedenfalls los!“

„Hüte deine Zunge, Birta!“, donnert Porgos Stimme durch die Kirche. Er ist der einzige im Dorf, der noch lauter und eindringlicher reden kann als selbst Magolus. „Niemand wird aus dem Dorf gejagt, solange ich hier Schmied bin!“

„Das hast du nicht zu entscheiden, Porgo!“, widerspricht ihm Magolus. „Wir werden abstimmen. Wer ist dafür, dass Kolle das Dorf verlassen muss?“

Ungefähr zwei Drittel der Versammelten heben den Arm.

„Und wer ist dagegen?“

Außer Primo, Porgo und Kolles Eltern meldet sich nur Olum, der Fischer.

„Du hast doch gerade schon dafür gestimmt“, weist ihn Bendo, der Bauer zurecht.

„Na und?“, erwidert Olum. „Ich bin eben dafür und dagegen!“

„Wie kann man gleichzeitig für und gegen etwas sein, du Dummkopf?“

„Selber Dummkopf! Man kann dafür sein, weil man sich Sorgen macht, dass Kolle sich vollständig verwandeln und andere Dorfbewohner angreifen könnte, aber man kann gleichzeitig dagegen sein, weil man es nicht richtig findet, jemanden aus dem Dorf zu vertreiben!“

„Du musst dich aber für eine Möglichkeit entscheiden!“

„Sagt wer?“

„Sage ich!“

„Mir doch egal!“

„Schluss jetzt!“, unterbricht Magolus die Streithähne. „Wenn Olum sich nicht entscheiden kann, dann zählt seine Stimme eben nicht. Ich halte fest: Eine klare Mehrheit hat sich dafür ausgesprochen, dass Kolle gehen muss. So leid es mir tut, einen Sohn unseres Dorfes zu verlieren, so müssen wir doch Schaden von uns anderen abwenden. Kolle, du wirst morgen nach Sonnenaufgang das Dorf verlassen und nie mehr zurückkehren. Möge Notch mit dir sein!" Er wirft Primo einen eisigen Blick zu. „Wer ihn begleiten will, darf das gerne tun!"

Kolles Mutter fängt an zu weinen. Nimrod versucht, sie zu trösten. Primo wirft Kolle einen Blick zu, der ihn aufmuntern soll, doch sein Freund sieht bleich und traurig aus.

Primo spürt den Arm seines Vaters auf seiner Schulter.

„Du bist sehr tapfer, mein Sohn", sagt der Schmied. „Ich bin stolz auf dich!"

Primo nickt, doch er hat einen dicken Kloß im Hals.

10. Angriff der Nachtwandler

An diesem Abend kann Primo nicht einschlafen. Der Gedanke, zum letzten Mal in seinem gemütlichen Bett zu liegen, macht ihn traurig. Zwar hat er davon geträumt, in die Welt hinauszuziehen und fremde Länder zu entdecken, doch dass dieser Traum so schnell Wirklichkeit werden soll, erschreckt ihn zutiefst. Er hat doch noch gar nicht gelernt, wie man außerhalb des Dorfes überleben kann! Doch seinen Freund im Stich zu lassen kommt nicht infrage.

Draußen ist das Stöhnen der Nachtwandler zu hören. Es kommt ihm ungewöhnlich laut vor, fast so, als kämen sie ins Dorf, um ihn zu holen.

Er dreht sich auf die Seite und versucht, die Geräusche zu ignorieren. Doch die werden immer lauter. Jetzt hört er auch dumpfes Klopfen, dann ein Krachen und einen Schrei des Entsetzens. Das kam aus dem Nachbarhaus, wo Bendo der Bauer mit seiner Frau und Tochter wohnt.

„Hilfe!", ruft jemand. „Hilfe! Ein Nachtwandler ist in unserem Haus!"

Primo springt aus dem Bett. „Vater!"

„Was ist denn los?", fragt Porgo schlaftrunken.

„Hörst du es nicht? Die Nachtwandler greifen an!"

„Unsinn! Sie schleichen um die Häuser, aber einen echten Angriff hat es schon lange nicht mehr gegeben. Leg dich wieder hin!"

In diesem Moment schreit erneut jemand in Bendos Haus. Gleichzeitig hört Primo wieder das dumpfe Pochen, weiter weg diesmal.

„Bei Notch, du hast recht!", sagt Porgo.

„Wir müssen ihnen helfen!", ruft Primo.

„Helfen? Wie denn?"

„Wir müssen kämpfen!"

Porgo starrt seinen Sohn an, als hielte er

ihn für verrückt. Doch dann nickt er. Aus einer Truhe holt er die missratene Schaufel, die Primo geschmiedet hat.

„Hier, das habe ich aufbewahrt. Es sieht nicht besonders schön aus, aber es ist deine erste Schmiedearbeit. Vielleicht nützt sie uns heute Nacht."

Primo nimmt das Gerät in die Hand. Es ist krumm und schief, hat aber doch große Ähnlichkeit mit dem Schwert des Fremden. Erstaunlicherweise fühlt es sich irgendwie gut in seiner Hand an. Sein Vater nimmt sich eine lange Hacke. So bewaffnet treten sie aus der Tür.

Im Dorf herrscht Chaos. Mindestens ein Dutzend Nachtwandler laufen zwischen den Häusern herum. Einige trommeln mit den Armen gegen die Türen. Primo zeigt auf Bendos Haus. Wo zuvor eine Tür war, ist jetzt nur noch ein rechteckiger Durchgang.

„Wir müssen unseren Nachbarn helfen!"

Sein Vater nickt. Sie stürmen in das Haus.

Ein Nachtwandler stößt gierige *Unngh*-Laute aus, während sich Bendo, seine Frau und seine Tochter in eine Ecke drängen. Bendo versucht, das Monster mit einer Hacke auf Distanz zu halten. Gerade, als Porgo und Primo hinzukommen, schlägt ihm der Nachtwandler die Waffe aus der Hand. Bendos Frau schreit auf.

Ohne nachzudenken rammt Primo die Spitze seines missratenen Gartengeräts in den Rücken des Ungeheuers. Die Klinge dringt tief ein und bleibt in dem fauligen Fleisch stecken. Der Nachtwandler stöhnt, doch er denkt nicht daran, sich aufzulösen. Stattdessen dreht er sich um, wobei dem überraschten Primo die Waffe aus der Hand gerissen wird.

Unngh!, macht das Monster wütend und schlägt mit den Armen nach ihm. Doch Porgo zieht ihm mit der Hacke die Beine weg. Der Nachtwandler stürzt auf den Rücken, so dass sich Primos Schwert durch seine Brust bohrt. Mit einem letzten Stöhnen löst er sich auf, bis nur noch ein paar Fleischfetzen zurückbleiben.

Primo hebt die Waffe vom Boden auf.

„Danke!“, ruft Bendos Frau. „Das werden wir euch nie vergessen!“

Ihre hübsche Tochter Golina sieht Primo voller Bewunderung an, was bei ihm ein merkwürdiges Kribbeln im Bauch auslöst.

„Das war echt toll!“, sagt sie.

„Ich muss jetzt gehen, da draußen sind noch mehr Nachtwandler“, sagt Primo lässig, als liefe er jede Nacht mit einer missratenen Schaufel herum und erschlüge Monster.

Porgo und er rennen aus dem Haus. Überall im Dorf sind Monster. Primo hat keine Zeit, sich zu fragen, wo die alle herkommen, denn sie drehen sich zu ihm und seinem Vater um und setzen sich alle gleichzeitig in Bewegung. Ihr Stöhnen klingt wie das Rauschen eines Sturms.

Primo schluckt. Zu zweit einen Nachtwandler zu töten, war schon schwierig genug. Es hat ihm für kurze Zeit ein Gefühl der Stärke gegeben, und er dachte, er könne kämpfen wie ein Fremder. Doch jetzt wird ihm klar, dass er mehr Glück als Verstand hatte. Gegen diese Monsterhorde haben sie keine Chance!

„Zurück ins Haus!“, ruft Porgo. Doch als sie sich umdrehen, nähern sich bereits zwei Monster von hinten. Sie sind umzingelt!

„Bei Notch!“, sagt Primos Vater. „Halt dein

Schwert gut fest, Primo!“

Sie stellen sich Rücken an Rücken, während die Monster mit gierigen Lauten vordringen. Primo wirbelt sein Schwert durch die Luft. Er trifft kaum etwas, aber es gelingt ihm immerhin, die Nachtwandler einen Moment lang auf Distanz zu halten. Doch es werden immer mehr. Als einer von ihnen einen Vorstoß wagt, rammt ihm Primo das Schwert in die Brust. Das Monster stöhnt, doch es verschwindet nicht. Nun ist die Waffe blockiert. Ein anderer Nachtwandler nutzt die Gelegenheit, mit seinem Arm nach ihm zu schlagen. Primo kann gerade noch den Kopf wegducken.

„Es … es tut mir leid, Vater!“, ruft er. „Wir hätten im Haus bleiben sollen!“

„Nein“, widerspricht Porgo. „Es war richtig, unseren Nachbarn zu helfen. Selbst, wenn wir dafür sterben müssen.“

Primo gelingt es, das Schwert aus der Brust seines Gegners zu ziehen und einen weiteren Angriff abzuwehren, doch inzwischen sind die Monster so nah, dass sie eine einzige Mauer aus fauligem Fleisch zu bilden scheinen.

Da ertönt ein Wutschrei, der selbst die Nachtwandler zu erschrecken scheint. Plötzlich sieht Primo eines der Monster in hohem Bogen durch die Luft fliegen, dann noch eines.

„Ein Golem!“, ruft er überrascht aus. „Wo kommt der denn auf einmal her?“

„Das ist kein Golem!“, widerspricht sein Vater, während er mit frischer Energie seine Hacke auf den Kopf eines Angreifers herabsausen lässt. „Das ist dein Freund!“

Tatsächlich: Nachdem noch zwei weitere Monster durch die Luft fliegen, steht plötzlich Kolle vor ihm. Er sieht selber aus wie ein Nachtwandler mit seiner grünen Haut und den blutroten Augen. Einen Moment lang hat Primo Angst, dass sein Freund ihn nicht erkennt und angreift. Doch stattdessen dreht er sich um und verpasst einem Monster einen Schlag, der es gegen die nächste Hauswand knallen lässt.

Im Nu hat Kolle einen freien Kreis um die beiden Bedrängten geschaffen. Die Nachtwandler lassen von ihnen ab und wenden sich leichteren Opfern zu.

„Sie schlagen die Türen der anderen Häuser ein!“, ruft Primo. „Wir müssen den

Bewohnern helfen!“

Er stürmt los und attackiert ein Monster, das mit beiden Armen gegen die Tür des Hauses von Olum, dem Fischer hämmert. Der Nachtwandler wendet sich zu ihm um, doch diesmal hat Primo sein Schwert fest im Griff. Eine Zeitlang muss er sich auf den Kampf mit seinem Gegner konzentrieren, so dass er nichts von dem übrigen Geschehen im Dorf mitbekommt. Als das Monster endlich zerfällt, blickt er sich um.

Kolle kämpft inzwischen in der Nähe des Dorfbrunnens, was man an durch die Luft fliegenden Nachtwandlern erkennen kann. Doch gleichzeitig strömen noch mehr Monster von allen Seiten ins Dorf. Primo hat noch nie so viele auf einmal gesehen.

Schon wankt eines auf ihn zu. Er hebt sein Schwert, doch da hört er hinter sich ein Stöhnen. Ein zweiter Nachtwandler hat sich von hinten angeschlichen!

Bevor Primo sich nach dem neuen Gegner umdrehen kann, zischt etwas dicht an seinem Kopf vorbei. Mit einem dumpfen Pock bohrt sich ein Pfeil in das Monster vor ihm. Zwusch, ein zweiter Pfeil schlägt dicht neben dem ersten ein. Das gibt dem Nachtwandler den Rest.

Primo ist so verblüfft, dass er den Gegner hinter sich beinahe vergisst. Doch als er sich erschrocken umdreht, ist auch dieser Nachtwandler nur noch ein Haufen fauliges Fleisch.

Vor ihm steht der Fremde. *Sieh an, eine Knollnase, die kämpfen kann! In diesem Dorf erlebt man wirklich immer wieder neue Überraschungen!*

„Danke!“, erwidert Primo.

Doch die Schlacht um das Dorf ist noch nicht vorbei. Drei weitere Nachtwandler kommen auf sie zu. Während der Fremde zwei davon gleichzeitig attackiert, will Primo sich den dritten vornehmen, als wieder ein Pfeil durch die Luft zischt und das Ungeheuer einen Schritt zurückstößt. Hinter Primo steht auf einmal ein Mann in grüner Robe mit einem Bogen in der Hand.

„Willert! Was ...“

„Kümmere dich nicht um mich, kümmere dich um die Zombies!“, ruft der Einsiedler.

Doch in diesem Moment entdeckt der

Fremde Kolle, der gerade zwei Nachtwandler mit den Köpfen gegeneinander schlägt.

Was ist das denn? Der Ausruf klingt überrascht. *Ein Zombie, der Zombies attackiert?*

Mit gezücktem Schwert geht der Fremde auf Kolle zu. Oh nein!

„Nicht!“, ruft Primo verzweifelt. „Das ist mein Freund! Er ist auf unserer Seite!“

Der Fremde senkt sein Schwert und starrt Kolle erstaunt an, der sich wortlos umwendet und auf eine Gruppe von Nachtwandlern zu rennt, die ein Haus am Rand des Dorfs belagern.

Immer noch sind die Monster in der Überzahl, doch allmählich wendet sich das Blatt. Der Kampfkraft von Kolle, Willert und dem Fremden sind sie nicht gewachsen, und auch Primo und sein Vater befördern den einen oder anderen Nachtwandler ins Jenseits. Sie durchkämmen systematisch das Dorf, bis der letzte Angreifer erledigt ist und nur noch ein fauliger Gestank und jede Menge Fleischfetzen an den Überfall erinnern.

Als die Sonne aufgeht, trauen sich die Dorfbewohner aus ihren Häusern. Sie bilden einen Kreis um die fünf Kämpfer und jubeln ihnen zu. Wie durch ein Wunder wurde niemand getötet.

Kolle hat inzwischen wieder seine normale Gestalt angenommen. Er sieht ziemlich blass aus.

„Gelobt sei Notch, unser Herr, der uns in dieser schlimmen Nacht beschützt hat!", ruft Magolus aus. „Meine Gebete sind erhört worden!"

„Deine Gebete?", fragt Kolles Mutter. „Ich würde eher sagen, es war mein Sohn, der unser Dorf gerettet hat. Zusammen mit dem Fremden, Willert, Porgo und Primo hat er gekämpft, während wir anderen nur zitternd in unseren Häusern gehockt haben!" Ihr Gesicht strahlt vor Stolz.

„Das zeigt nur, wie gefährlich er ist!", erwidert Birta. „Heute Nacht hat er seine Wut an den Nachtwandlern auslassen können. Aber was ist, wenn keine Feinde da sind? Was, wenn er dann selber Türen einschlägt?"

Wieder einmal reden alle durcheinander:

„Sie hat recht!"

„Unsinn! Kolle hat uns gerettet. Er muss im Dorf bleiben, dann brauchen wir nie wieder

Angst vor Nachtwandlern zu haben."

„Aber man kann nie wissen ..."

„So ein Quatsch! Der Fremde war es, der uns gerettet hat!"

„Nö, es war Willert!"

„He Fremder, nach so einem Kampf hat man doch sicher Hunger. Ich habe hier ein Dutzend leckere gebratene Hühnchen ..."

„Ruhe!", ruft Magolus. „Heute Nacht war es der Wille Notchs, dass Kolle seine Kraft in den Dienst unseres Dorfes stellt und uns vor den Nachtwandlern beschützt. Doch wir können nicht wissen, ob er seine Kraft auch zukünftig beherrschen kann. Wollt ihr, dass wir dieses Risiko eingehen und Kolle im Dorf bleiben darf, oder sollen wir ihn fortschicken?"

„Wenn er bleibt, sind wir alle in großer Gefahr!", ruft Birta.

„Wenn er bleibt, müssen wir nie mehr Angst vor den Nachtwandlern haben!", widerspricht Porgo.

Gemurmel erhebt sich. Die Dorfbewohner scheinen unentschlossen.

„Lasst uns erneut abstimmen", beschließt Magolus. „Wer ist dafür, dass er das Dorf verlassen muss?“

Nur Birta und Kaus heben ihre Hand.

„Dann ist es beschlossen: Kolle darf bleiben! Dank sei Notch, unserem Herrn, für seine Gnade!“

Die übrigen Dorfbewohner jubeln.

Als wieder Stille einkehrt, sagt Kolle: „Birta hat recht! Ich weiß nicht, ob ich die Wut in mir kontrollieren kann.“

Alle starren ihn erschrocken an.

„Wusst ich's doch, er muss gehen!“

„Blödsinn! Er bleibt!“

„Nein!“

„Doch!“

„Lasst ihn doch mal ausreden!“, ruft Porgo.

„Deshalb werde ich das Dorf freiwillig verlassen“, fährt Kolle fort. „Jedenfalls so lange, bis ich gelernt habe, mit meiner Kraft umzugehen.“

Kolles Mutter umarmt ihn schluchzend. „Oh, mein armer, tapferer Sohn!“

Primo schluckt. Er blickt seinen Vater fragend an. Der nickt.

„Ich werde mit ihm gehen!“

„Das musst du nicht“, widerspricht Kolle.

„Ich komme schon allein klar. Immerhin werde ich ziemlich stark, wenn ich wütend bin, und ...“

„Du glaubst doch wohl nicht, dass ich dich all die Abenteuer da draußen allein erleben lasse?“

„Ihr könnt für den Anfang bei mir wohnen“, sagt Willert. „Ich kann dir noch ein paar Tricks mit dem Schwert beibringen, wenn du willst, Primo.“

„Kannst du mir auch zeigen, wie man Löcher in den Boden hackt?“

„Auch das!“

Ihr seid wirklich ein merkwürdiger Haufen, sagt der Fremde. Er dreht sich zu Primo, Porgo, Willert und Kolle um und verbeugt sich leicht. *Es war mir ein Vergnügen, heute Nacht mit euch zu kämpfen!*

Das Vergnügen war ganz auf unserer Seite, erwidert Willert.

Der Fremde starrt ihn erschrocken an. *Du ... du kannst sprechen!*

Willert nickt. *Ein anderer Fremder hat mich vor langer Zeit eure Sprache gelehrt.*

Das gibt's doch nicht!, sagt der Fremde. *Auf was für einem seltsamen Server bin ich hier bloß gelandet?*

„Was hat er gesagt?“, fragt Magolus.

„Das würdest du nicht verstehen“, erwidert Willert.

„Natürlich verstehe ich es nicht!“, sagt Magolus. „Deshalb will ich ja, dass du es mir übersetzt!“

Was hat er gesagt?, fragt der Fremde.

Dass er dich nicht versteht und dass ich für ihn übersetzen soll. Aber er würde trotzdem nicht verstehen, was du sagst.

Ich verstehe gar nichts mehr, erwidert der Fremde.

„Also, übersetzt du jetzt, was er gesagt hat?“, fragt Magolus.

„Nein“, sagt Willert. „Kommt, Jungs. Wir gehen!“

ENDE

Die Geschichte von Primo und Kolle geht weiter ...

Seit Kolle von einem Nachtwandler gebissen wurde, verfügt er über erstaunliche Kräfte, doch das Gift in seinem Körper wirkt weiter. Primo muss mit ansehen, wie sich sein bester Freund allmählich in ein Monster verwandelt. Nur die Hexe Ruuna kann ihn jetzt noch retten. Doch die lebt weit entfernt irgendwo im Norden ...

"Kolle in Not", die Fortsetzung der Geschichte um die Bewohner eines kleinen Dorfs in der Welt des Computerspiels Minecraft, ist bei Amazon und im Buchhandel erhältlich. Weitere Bände der Serie sind bereits erschienen.

Printed in Poland
by Amazon Fulfillment
Poland Sp. z o.o., Wrocław

49504261R00074